僕とおじいちゃんと魔法の塔⑤

香月日輪

角川文庫 17490

僕とおじいちゃんと魔法の塔⑤

目次

金木犀《きんもくせい》の甘ったるい香《かお》りも、いつの間にかしなくなった、岬《みさき》の塔《とう》の秋の庭。

紅葉《もみじ》が色づき、季節が晩秋を迎《むか》えているのだと告げている。

林檎《りんご》の木は今年も豊かに実をつけ、収穫《しゅうかく》しきれない実は小鳥たちのごちそうとなっていたが、それもそろそろ終わろうとしている。小鳥たちの数も減ってきた。

青い青い空と、青い青い海を背景に、コスモスたちが咲《さ》き乱れ、海風に揺《ゆ》れている。

そこに、岬の塔は、黒々とそびえ立つ。

若き芸術家たちが、自分たちの手で作った夢の城。それだけではない不思議をまとった「魔《ま》法《ほう》の塔」。龍神《たつみ》は、その塔の住人だった。

陣内龍神《じんないたつみ》。十六歳。親元を離《はな》れ、岬の塔に一人暮らしを始めて、丸四年が過ぎようとしている。ただし、厳密に言うと一人暮らしではない。塔にしょっちゅう出入りをしている同級生の鈴江《すずえ》信久《のぶひさ》や、一級先輩《せんぱい》の一色雅弥《いっしきまさみ》という人間は別にして、岬の塔には、人間以外のモノたちが、龍神とともに暮らしていた。

塔の本当の主、陣内秀士郎《しゅうじろう》。龍神の祖父にして、元は有名な彫刻家《ちょうこくか》だった。芸術家仲間と、塔を手作りした秀士郎は、死後幽霊《ゆうれい》となって塔にとどまり続けている。

かつて塔にいた仲間で、宗教の研究から魔術にはまり、ついに魔道士となって異界への扉《とびら》を開いた江角《えすみ》という男がいた。ギルバルスは、その江角から秀士郎に譲《ゆず》られた「契約妖魔《けいやくようま》」。大きな灰色の犬の姿をした魔物は、煙草《たばこ》を吹《ふ》かしつつ、秀士郎の傍《そば》にいる。

そう。この塔は、江角の魔術がかけられた、本物の魔法の塔だった。

その江角を通じて、異界からやってくる客もたまさかにいる。中でも、魔女エスペロスは、秀士郎や龍神を気に入り、とうとうこの世界に居着いてしまった。今や、女子高生として龍神たちと高校に通う身である。

だが、たとえエスペロスが超上級《ちょう》の万能魔女であろうとも、ギルバルスがどんな姿に変身しようとも、祖父が幽霊であろうとも、龍神は龍神であり、異界の力やモノに驚《おど》きながらも、信久たちと他愛《たわい》ない話をし、画家を目指してキャンバスに向かう日々を送るその心には、いつもこの言葉がある。


幽霊も魔術も魔女も異界も、在ることは在ること。

僕たちが在ることと変わりない。

ただ、僕たちは、僕たちらしく在ること。


晩秋の青空のもと、龍神は、草むしりした草を重ねて置いていたものと、野菜くずと落ち葉を貯《た》めていたものとを土に返す作業をしていた。龍神が中学の頃《ころ》から続けている家庭菜園に、今年も終了《しゅうりょう》の時期がきて、畑に堆肥《たいひ》をまくのは、来年春の再開のための下準備である。畑は栄養たっぷりの土を与《あた》えられ、冬の眠《ねむ》りにつく。

「さあ、これでいいかな」

龍神は、土まみれの手で汗《あせ》をぬぐった。

草と落ち葉と野菜くずの布団《ふとん》をかぶって、ささやかだけど豊かな家庭菜園は、いったんその役目を終え、ほっと一息ついているように見える。

「おやすみ。来年もよろしくね」

畑にそんな言葉をかけるのは、馬鹿馬鹿《ばか》しく青臭《あおくさ》いかもしれないが、実際にそこからたくさんの恵《めぐ》みを受けている者としては、ついそう言わずにはいられない気持ちなのだ。

そんな龍神《たつみ》を、秀士郎《しゅうじろう》が見守っていた。

「あ、おじいちゃん」

「終わったか」

袴姿《はかますがた》に緋色《ひいろ》の襷《たすき》。足下は裸足《はだし》、頭にはバンダナ。見た目は三十歳ぐらいの若者にしか見えない秀士郎おじいちゃん。龍神を導くアートの先輩にして、生活と人生の……つまり、すべてにおいて龍神の大大先輩である。

「これで、来年もまた野菜がいっぱいできるよ……って言っても、プランター野菜は、冬の間も作るけどね」

笑顔《えがお》の龍神に、秀士郎もまた満足そうに笑顔で頷《うなず》く。

岬に吹く冷たい秋風が、汗をかいた龍神の体温を急激に奪《うば》った。

「ひゃっ、寒っ！」

「エスペロスが、コーヒーを淹《い》れて待っとるぞ」

「大至急風呂《ふろ》に入ってきます！」

孫と祖父は、駆《か》け足で塔へ戻《もど》って行った。

龍神が風呂から上がってくると、食堂に香《こう》ばしい香りが立ちこめていた。

「はい、龍神」

エスペロスが、大きなマグにたっぷりのカフェオレを淹れてくれた。

「ありがと、エスペロス。ん〜、美味《おい》しい。カフェオレは、ちょっと甘いのがいいね」

「寒い時は、甘いのがいいよねー。身体《からだ》が温《あった》まるでしょ」

こういうセリフを言う、赤毛のツインテールの、青い目と白い肌《はだ》の美少女が、人間ではないのが信じられない。魔女は、すっかり人間に、そして龍神たちと塔で暮らすということに慣れたようだ。

これからの時期、塔は寒いが、食堂の大きな暖炉《だんろ》では赤々と火が燃えて、空気が優《やさ》しく暖められていた。大きな掃《は》き出し窓の、少し曇《くも》った硝子《ガラス》の向こうには、すっかり秋色になった庭が映っていて、はらりはらりと落ち葉が舞《ま》っている。

秀士郎は、コーヒーを飲みながら新聞を読んでいる。ギルバルスは、暖炉の前に寝《ね》そべって煙草を吹かしている。静かな魔法の塔の午後。

茶色と灰色になった庭を眺《なが》めながら、龍神が言った。

「寒いね～。こんな日は、鍋《なべ》だね」

「鍋、だ～い好き！」

魔女が満面の笑みで答える。

「何鍋にする？　おじいちゃんは？　何かリクある？」

「冷凍庫《れいとう》に真鯛《まだい》があったな。あれで鯛鍋と鯛飯にするか」

「鯛飯！　いいねえ！」

美味《うま》いものの話をすると、いっそう温かい気分になる。塔の秋が終わろうとしていた。

魔法の塔の冬

冬の夕陽《ゆうひ》が、大空と大海原を紅《くれない》に染めて沈《しず》む。

本当に赤々と燃えているような鮮《あざ》やかな赤と、輝《かがや》く黄金《きん》の光。空は薔薇《ばら》色と群青《ぐんじょう》と黄色のグラデーションに彩《いろど》られ、波は黄金色に煌《きら》めき、そのすべてが胸に迫《せま》ってくる。その美しさに見惚《みと》れるばかりで、何も考えられなくなってしまう。

塔《とう》の屋上で、龍神《たつみ》の妹晶子《あきこ》は、夕陽の中でただ呆然《ぼうぜん》と立っていた。この場所で、春の夕陽を見た時、その美しさに感動した。冬の夕陽はもっと綺麗《きれい》だと聞かされ、楽しみにしていたのだが、これほど美しいとは思わなかった。晶子の全身に、言いようのない思いが溢《あふ》れて、痺《しび》れるようだった。冬の海風の冷たさが、まったく気にならなかった。

「綺麗だね……」

晶子《あきこ》の横で、龍神《たつみ》の弟の和人《かずと》も溜息《ためいき》をつく。晶子は、小さく頷くだけだった。その頬《ほお》を、涙《なみだ》が伝っていた。

冬の夕陽は、瞬《またた》く間に沈んでしまう。だが、太陽が海の向こう側へ去った後も、薔薇色から茜《あかね》色に染まった大空が美しかった。

晶子は龍神の方を振《ふ》り返り、涙をぬぐって笑った。

「あんまり綺麗で……へへ」

龍神は、夕陽の美しさに、純粋《じゅんすい》に感動して泣ける晶子の、透明《とうめい》な女の子らしさが嬉《うれ》しかった。それは、晶子が健《すこ》やかに毎日を暮らしている証拠《しょうこ》だと思うから。夕陽を見たいと思い、夕陽が綺麗だと感じることのできる弟と妹で良かったと、長男は二人に微笑《ほほえ》み返す。

「さあ、じゃあ、パーティを始めようか」

龍神の言葉に、和人も晶子も飛び上がった。

「ワーイ！　パーティ、パーティ!!」

はしゃぐ二人に、やっぱり「花より団子だな」と、龍神はまた嬉しくなった。

塔の食堂に、龍神、信久《のぶひさ》、エスペロス、雅弥《まさみ》、和人、晶子が揃《そろ》っての、今日はクリスマス・パーティだった。今日は、十二月の二十五日。和人も晶子も、そしてエスペロスも、それぞれの友だちと過ごすクリスマス・パーティはすませてきて、今日がその取りを飾《かざ》るパーティである。

食堂に入ってきた和人と晶子は、火の燃える大きな暖炉の横に置かれたクリスマス・ツリーに驚《おどろ》いた。日本の普通《ふつう》の家ではまず見かけないような、塔の食堂の高い天《てん》井《じょう》につきそうなほどの、立派なモミの木。そして、そこに飾られた、さまざまなオーナメントの楽しさ。サンタクロースにトナカイ、天使やジンジャークッキーの人形、色とりどりの光るボール、光が動くスティック、金色のリーフ、雪や窓を模《かたど》った飾り、赤いキャンドル……。

「かっ、かわ……、可愛《かわい》い！」

晶子は、ツリーの下《もと》へ飛んで行った。和人も感心している。

「うわ～、なんか……。外国のツリーみたいだね！　こんな可愛い飾りがあるんだ～」

もちろん、友だちの家にも、陣内《じんない》家でも、ツリーは飾ってある。しかし、ここのはスケールが違《ちが》った。ツリーの大きさも。オーナメントのセンスも。

（セッティングしたのはエスペロスと一色《いっしき》さんだからねぇ。そんじょそこらのツリー

とは違うよね)

目をハート形にしてツリーに見入る晶子《あきこ》を見て、龍神《たつみ》は肩《かた》をすくめた。同じツリーを、幻《まぼろし》のキャロリーナの家で、招待した同級生、真美《まみ》と敬子《けいこ》に見せて喜ばせたエスペロスは、晶子の反応を見て、満足そうに頷《うなず》く。雅弥《まさみ》も同じように頷いていた。

美術商の老舗《しにせ》、黎明苑《れいめいえん》の社長子息である雅弥は、江戸《えど》時代から芸術を商売としてきた一色《いっしき》家の血と、祖母の出であるドイツのアタナシウス家の「天才家系」の血を一身に受け継《つ》いでいる。その、アートに対するセンスも、当然といえば当然に秀《ひい》でていて、たかがツリーを飾るオーナメントの選び方、飾り付けにすら、その才能が出るあたり、凡人《ぼんじん》の中の凡人の信久《のぶひさ》などからすれば、いつも驚きを通り越《こ》して呆《あき》れるほどである。

雅弥は、アタナシウス家に「クリスマス・オーナメントを少し送ってほしい」と頼《たの》んでいた。ドイツは「クリスマス・マーケット」で有名なほど、クリスマス行事の盛んなお国柄《くにがら》。関連商品も豊富である。滅多《めった》にない雅弥からのおねだりを喜んだアタナシウス家は、これでもかというほど、クリスマスグッズを送ってきた。

「オーナメントの他にも、置物とか文具とかもいっぱい送ってきちゃって」

整った目元が、苦笑いする。晶子は、それだけで溜息が出た。

ツリーの下には、チカチカとイルミネーションが輝くクリスマス・ハウスやクリスマス・ボールが、いくつも置かれていた。

「全部……す、素敵《すてき》です」

晶子の目が、ますますハート形になる。

「すげーのは、ツリーだけじゃないぞ、和人《かずと》、あっこちゃん」

信久が、テーブルにクリスマス・ディナーを運んできた。

「〃七面鳥の詰《つ》め物・丸焼き〃なんて、食ったことあるか？」

ドンと置かれた大皿の上には、七面鳥の中に、野菜、餅米《もちごめ》、フルーツなどを詰め、こんがり焼いた「スタッフド・ローストターキー」。七面鳥は、羽をむしられた状態で売られていたものだが、それでも重さが三キロもあった大物である。

「すっごーい！」

和人と晶子は飛び上がった。

その大きさも驚きだが、そのこんがり具合といい、プチトマトのツナ詰めで飾られた華《はな》やかさといい、そして美味《おい》しそうな香《かお》りといい、堂々の「ごちそうっぷり」に圧《あっ》倒《とう》される。

「すごい、すごーい！」

それしか感想が出てこない和人と晶子。母弘子《ひろこ》は料理上手だが、さすがに「七面鳥の丸焼き」は作ったことがない。毎年のクリスマスの鶏《とり》料理は、チキンのチューリップだ。

魔法《まほう》の塔のクリスマスも、こんなすごい料理は今年が初めてである。それは、やはりエスペロスと雅弥《まさみ》が仲間に加わったからだ。これまでは、せいぜいが「骨付きチキン」を買ってくる程度だった。

エスペロスが、「スタッフド・ローストターキー」を作ろうと言い出し、雅弥がそれに乗った。龍神《たつみ》と信久《のぶひさ》は、「それは何だ?」と首を傾《かし》げた。

エスペロスと雅弥は、七面鳥の下ごしらえから詰め物の用意など、いつものようにテキパキとこなした。さすがに台所のオーブンには入らなかったので、エスペロスが庭で焼いたのだが。

「だって、クリスマスって、日本で一番華やかなイベントなんでしょ。これぐらいしなきゃー」

と、超《ちょう》上級魔女は、楽しそうに笑う。

魔法の塔のクリスマス・ディナーには、スタッフド・ローストターキーを中心に、赤と緑のピーマンでポインセチア柄をあしらった、白身魚とホタテと生クリームで作る「クリスマス・ムース」と、たっぷりのシーフードサラダ、そして、マッシュルームのポタージュが並んだ。

「サラダは、僕が作りましたー」

龍神が手を挙げる。

「ポタージュは、俺が作りましたー」

信久が手を挙げる。

「ポタージュ、けっこう手間がかかったぜ～。刻んで、炒《いた》めて、ミキサーにかけて……。全部、先輩《せんぱい》に教えて貰《もら》いながらだったけど」

信久と雅弥は、笑い合った。

「サラダも、シーフードの下ごしらえに手間がかかったな～」

「みんな、すごいなぁ。サラダ、美味しそう～。この、クリスマス・ムースも素敵～。可愛い～！」

「ポタージュを作る高校生って、あんまりいないと思うよ」

晶子《あきこ》と和人《かずと》に感心されて、信久は頭を掻《か》いた。

窓の外はすっかり暮れて、食堂の暖かい光が硝子《ガラス》に映る。

「メリー・クリスマス!!」

シャンパン・グラスにジュースを注いで乾杯《かんぱい》。

七面鳥の丸焼きは、鳥肉と、その旨味《うまみ》の染みた詰め物が大そう美味《うま》かった。食べ盛《ざか》りの子ども六人（そのうち一名は、食べることが大好きな魔女）にかかっては、三キロもの七面鳥も、あっという間に平らげられてしまった。

皆《みな》、食べながら飲みながら、それぞれ過ごしてきた毎日のこととか、友だちとのクリスマス・パーティの様子とかを、思い思いに話す。和人《かずと》も晶子《あきこ》も、笑顔《えがお》が輝《かがや》いていた。まるで外国のクリスマスのような、特別に華やかな雰囲気《ふんいき》を、心から楽しんでいるようだった。

龍神《たつみ》たちも、十二月に入ってすぐのツリーの飾り付けから始まり、今日のパーティの用意まで、いつもと違う日常を楽しんだ。条西《じょうさい》高校の二学期は、文化祭やら体育祭で忙《いそが》しかったけれど、学期末試験もいつもの通りで、皆、特に何事もなく冬休みに入った。もうすぐ一年が終わる。

（今年は、なんかいろいろあったな～）

和人と喋《しゃべ》りながら、龍神はしみじみした。なんといっても、魔女エスペロスがやって来たこと。

魔術を纏《まと》った魔法の塔《とう》に、幽霊《ゆうれい》と妖魔《ようま》とともに住んでいるからといって、それが何か？　というぐらい、特に何事もなかった中学の三年間。

（魔法の塔に住んでいてこう思うのは変だけど、このまま何もなく暮らしていくんだろうなぁと思ってた）

異界からやってくる者は、江角《えすみ》の部屋の、あの魔法円から出ることはないから、魔法円の中に何者がやって来ようとも、魔法円の外側のこちらの世界は、何も変わりないだろうと、龍神も、そして秀士郎《しゅうじろう》もそう思っていたはずだ。エスペロスは、それを一変させた。超上級の魔女が魔法円を突破《とっぱ》したあの瞬間《しゅんかん》の、「ひょっとして世界が終わるのでは？」と感じたほどの緊張《きんちょう》。その記憶《きおく》も、だいぶ薄《うす》れてきた。

（だって、その魔女が、今はこうだからね）

十三歳の女子中学生の晶子と、お洒落《しゃれ》について喋り合い、キャッキャと花の散るような笑い声を上げ、チキンやサラダを口いっぱいに頬張《ほおば》り、楽しそうなエスペロス。やろうと思えば、なんでもやれてしまう万能の魔女が、時に魔力を揮《ふる》いながらも、普通《ふつう》の人間のように暮らして、それを本気で楽しんでいる。だから龍神は、

（いろいろあったけど、何もなくて良かったな）

と、感じることができた。

（一色《いっしき》さんと知り合えたのは、良かったなぁ）

雅弥《まさみ》は、信久《のぶひさ》の話を聞いている。きっと、信久が雅弥の父に習っている武術の話だ

ろう。

雅弥《まさみ》とは、単なる知り合いではなく、塔の秘密を共有する「仲間」になれた。雅弥には、秀士郎《しゅうじろう》の姿が見えていたとわかった時はうろたえた龍神《たつみ》だが、それは「縁《えん》」だったのだと、今はそう思える。何より、なまじ天才で、何もかもなんの苦労もせずできてしまう自分にうんざりしていた雅弥に「世界はもっと広く、可能性は無限である」ということを、目に見える形（魔女と幽霊）で見せることができた。これは、龍神にとっては他人事《ひとごと》ではなく、龍神自身にフィードバックされる思いなのだ。

秀士郎が、いつか言った。

『お前が、ちゃんとお前であるならば、エスペロスがどんな魔力を揮おうと何も変わらん。むしろ、エスペロスという存在をプラスの力にできるはずだ。お前の広い世界を形作る、特別な欠片《かけら》にするのだ。だがそれは、あくまでも欠片の一つにしか過ぎん』

龍神は、大きく頷《うなず》く。

（そして、欠片が多ければ多いほど、世界は広く大きくなる……）

龍神は、エスペロスの出現と雅弥との出会いが、龍神自身の新しいドアを開いたのでは、と思った。これがきっかけになって、自分の世界が、もっと広がればいいと思った。そしてそれは、龍神だけでなく、信久《のぶひさ》も、和人《かずと》と晶子《あきこ》もそうであればいいと思った。

（だよね、おじいちゃん）

龍神は、顔を上げて、グラスをちょいと掲《かか》げた。

魔法の塔の三階の部屋で、用意されたクリスマス・ディナーとシャンパンを楽しみながら、赤々と燃える暖炉《だんろ》の前で、秀士郎は本を読んでいる。時折、微《かす》かに聞こえてくる子どもたちの笑い声に釣《つ》られた。足下ではギルバルスが寝《ね》そべり、楽しそうな声が響《ひび》くたびに、大きな耳をピクピクさせていた。

ディナーを堪能《たんのう》した後は、エスペロスの焼いたクリスマス・ケーキ「ブッシュ・ド・ノエル」と、オレンジティーをお伴《とも》に、ホールで雅弥のピアノ演奏を楽しんだ。

雅弥は、スタンダードなクリスマスソングから、ポップスやロックのクリスマスナンバーまで、レパートリーがいくらでもあった。

晶子は、音楽を聴《き》きつつ、ケーキを頬張った真っ赤な顔で、ぽつりと言った。

「贅沢《ぜいたく》すぎて、罰《ばち》が当たりそう……」

横にいた龍神は吹《ふ》き出し、エスペロスは晶子に抱《だ》きついた。

「ンもうー、アッコったら可愛《かわい》いんだから――っ」

夜遅《よるおそ》くになって、小雪が舞《ま》った。

少し遅《おく》れての、ホワイト・クリスマス。


さて、クリスマスもすみ、次は正月の準備である。

和人《かずと》と晶子《あきこ》は、クリスマスの翌日、片付けと、自分の部屋と塔の玄関《げんかん》を掃除《そうじ》して帰った。正月前の大掃除の手伝いである。広い塔は、とても掃除しきれないので、いつも使う場所だけを掃除することにしている。信久《のぶひさ》と雅弥《まさみ》も、自分の部屋の他《ほか》、食堂、浴室、一階のホールなどの掃除を手伝うことになっている。もっとも、誰《だれ》もいなくって以来、放ったらかしにされている場所でも、埃《ほこり》が層になって溜《た》まっているとか、蜘蛛《くも》の巣のジャングルになっているとか、壁《かべ》や床《ゆか》が傷《いた》んでいるとか……不思議とそういうことはない。やはり、魔法《まほう》の塔だからだろうか。龍神《たつみ》が塔にやってきた当初、塔の外側の、海風がよく当たる屋上などは、一部壊《こわ》れた場所もあったが、これも大したこともなく、龍神が自分で修理できるものだった。

「江角《えすみ》の魔術に守られとるんだろう。奴《やつ》とて、帰ってくる場所が壊れていては困るからな」

秀士郎《しゅうじろう》は、笑いながらそう言った。

魔法で、一瞬であらゆる場所を綺麗《きれい》にしてやると言っていたエスペロスも、埃取《ちりと》りとモップを持って、結構楽しそうに掃除をした。

「ここの水は、冬温かいから助かるなー」

食堂の硝子《ガラス》を磨《みが》きながら、信久が言った。塔では、飲み水以外は地下水が使われている。冬は温かく、夏は冷たい。

「ハイ、マチャミ。ハンドクリーム。ちゃんとお手入れしてね。肌《はだ》が荒《あ》れないように」

エスペロスは、雅弥の両手にハンドクリームを丁寧《ていねい》に塗《ぬ》り込んだ。

「ありがとう」

雅弥は、優雅《ゆうが》に微笑《ほほえ》む。

「俺らも水仕事したんですけどー」

並んだ信久と龍神に、エスペロスはハンドクリームを投げてよこした。

「あんたたちの手はどうでもいいの。しょせん男の手なんだから」

「先輩《せんぱい》のだって、男の手じゃんかー」

膨《ふく》れっ面《つら》をする信久の鼻先に、エスペロスは、雅弥の手を突《つ》きつけた。

「マチャミの、このキレーな手が荒れてたら哀《かな》しいだろー！　よく見ろ！　白い肌！　長い指！　爪《つめ》の形の綺麗なこと！」

「うう……っ！」

「確かに」

信久《のぶひさ》は渋《しぶ》い顔。龍神《たつみ》は苦笑い。

「マチャミとあんたたちが、同じであるはずないじゃ〜ん。人間が平等だなんて思ったら大間違《おおまちが》いだよ。レベルが下の者は、差別されるものなのさ〜、キャハハハ！」

魔女は、大袈裟《おおげさ》にふんぞり返って高笑いした。

「腹立つなー！」

「まぁ、これが現実だよねー」

肩《かた》をすくめる龍神をキッと睨《にら》み、信久は言った。

「何を言う！　俺はこの現実と戦うぞ、龍神！」

信久は、ハンドクリームを両手に塗りたくった。

「うおおおお！　白魚のような手になってやる‼」

「君の両手が白魚のようになっても、気持ち悪いだけだから、ノブ」

雅弥《まさみ》の父、清弥《きよみ》指導の鍛錬《たんれん》の成果が出て、信久は、身体《からだ》が逞《たくま》しくなってくるにつれ、高校入学当時はあどけなかった顔つきも、男っぽくなってきた。体育祭では、百メートル走にエントリーし、記録は最下位でも、その身体の動きを見た周りの者は皆《みな》、「意外とちゃんと走ることができるんだな」と、一様に驚《おどろ》いた。顔は美しいが、実は質《たち》の悪い鬼軍曹《おにぐんそう》のような清弥に、しごきまくられた甲斐《かい》があるというものだ。信久は、嬉《うれ》しかった。鍛錬は、これからも続く。

大掃除がすんだ、十二月三十日の朝。龍神と信久は、秀士郎《しゅうじろう》とともに磯《いそ》釣りに出かけた。空も海も灰色で、磯は厳しい寒さだったが、この日、いつもの崖下《がけした》のポイントの釣果《ちょうか》は、抜群《ばつぐん》だった。ここは、龍神たち以外の釣り人は来られない場所であり、崖が少し奥まっていて、風の当たりと水流が弱く、海水の温度の変化も小さいようだ。特に冬場は、そういう場所を魚たちは好むらしい。

「キャッホ――――ッ!!　グレだ、グレ!!　河豚《ふぐ》より美味《うま》い寒グレ!!」

信久の竿《さお》には、グレが次々と掛《か》かった。

一方、龍神は、何やら大物と格闘《かくとう》していた。竿がしなり、糸がうろうろするばかりで、魚はなかなか姿を現さない。戦いが始まって、もう三十分はたつだろうか。秀士郎は、笑いながらその様子を見ていた。

「この期《ご》に及《およ》んで、獲物《えもの》に逃《に》げられるなよ、龍神!」

「イヤ、もうダメです!　おじいちゃん、助けてー!」

秀士郎に手を貸してもらって龍神が上げた獲物は、身体の黄緑色のラインも鮮《あざ》やかな、体長五十センチをゆうに超《こ》える大物だった。

「でっけー！　すげーよ、龍神《たつみ》!!」

「重いはずだ」

へとへとになった龍神だが、嬉しかった。おまけに、

「これ、ブリじゃねーの、秀《しゅう》ジィ！　磯で釣れるんだ!?」

と、信久《のぶひさ》が目を輝《かがや》かせた。

「ブリってなぁ、一メートルを超えるやつのことを言うのよ。この大きさじゃ、ワラサにちょい寸足らずかな。でけぇイナダってとこか」

「ああ、出世魚だから。名前が変わるんだね」

「でも、ブリには違いないんだろ。美味そうー！」

この後、信久の竿にも、もう少し小さいイナダが掛かった。

「ワハハハ――！　大漁大漁!!」

三人は、抱《かか》えきれないほどの獲物を持って帰ってきた。釣果は、グレ、イナダ、そして、真鯛《まだい》。正月用の魚としては充分《じゅうぶん》すぎるほどだ。

「おっかえりー！　お風呂《ふろ》沸《わ》いてるよ♪」

「おっ、気が利《き》くの、エスペロス」

「寒すぎて痛い〜」

「お疲《つか》れ。魚の処理しとくよ」

雅弥《まさみ》が、釣果を受け取った。

「助かります、先輩」

たっぷりの湯に浸《つ》かると、全身が痺《しび》れるような快感に、秀士郎《しゅうじろう》、龍神、信久は大きな溜息《ためいき》をついた。

「はぁぁああ〜〜〜……」

疲れた身体に温かい湯が染《し》み渡《わた》るようで、あまりにも気持ちが良くて、それ以上は何も言えないまま、だまって湯船に身体をあずける。それから頭や身体を洗って、また湯船に浸かっていると、ピアノの音が聞こえてきた。

「あ、先輩だ」

「……ほぅ、ショパンのバラードか」

ピアノを奏《かな》でている時の無我の境地が相変わらずお気に入りの雅弥は、ピアノを弾《ひ》き続けている。今や、ポップやロック、ジャズまで弾く雅弥だが、やはりクラシックが一番好みらしい。オペラや交響曲《こうきょうきょく》まで、ピアノで弾いている。

龍神たちは、響《ひび》いてくるショパンに耳を傾《かたむ》けた。色とりどりのタイルが鏤《ちりば》められた、アーティスティックな浴室。ドアに嵌《は》め込まれた、ボッティチェリの女神が、蒸気の中に艶《なま》めかしく佇《たたず》んでいる。温められ、ほどよくほぐれた身体に、ピアノの音色が染みこんでくる。

(確かに……贅沢《ぜいたく》だ)

くすりと笑えてきた龍神《たつみ》の頭に、滴《しずく》がピチョンと降ってきた。

イナダの刺身《さしみ》と、熱々の豚汁《とんじる》で昼飯を食べた後、信久《のぶひさ》はグレを、雅弥《まさみ》は真鯛を手に、それぞれ自宅へ帰って行った。

「また来年!」

「よいお年を」

子どもたちのいなくなった魔法《まほう》の塔《とう》。ギルバルスが大きく煙草《たばこ》の煙《けむり》を吐《は》く。

「やれやれ……。やっと静かになったぜ」

一階ホールの、日当たりの良い窓際《まどぎわ》に並べられた野菜のプランター。レタス、サラダ菜、ブロッコリー、そして、長芋《ながいも》。順調に育っているのを見て、龍神は笑顔《えがお》で頷《うなず》く。天気が回復し、冬の薄《うす》い光が、硝子に反射して精一杯《せいいっぱい》煌《きら》めいていた。その下で、泉水の葉陰《はかげ》にゆらめく赤い金魚たちも元気だ。地下水は温かいし、ここの金魚たちは、ほとんど世話されない半野生なので、とても逞しかった。

塔の南の庭も、周辺の林も、すっかり冬枯《ふゆが》れた。多くの木々が葉を落とし、代わりに陽《ひ》の光がたくさん入って、景色を金色に彩《いろど》る。龍神は、豊かな美しさも好きだが、何もない美しさも好きだった。

「いつ家に帰るんだ、龍神？」

キャンバスに向かっている龍神に、秀士郎《しゅうじろう》が訊《たず》ねた。

「夕方には行くよ。二日に戻《もど》ってくるからね」

「もっとゆっくりしてこい」

笑う秀士郎に、龍神は返した。

「早く戻ってきて、絵を描《か》きたいんだ」

龍神が、展覧会用にずっと取り組んできた二枚の絵は無事完成し、十一月の締《し》め切り前に提出できた。一枚目は百合《ゆり》。二枚目は、紅《あか》いガーベラと白い水差しの静物画だ。

その絵の完成後も、龍神は衰《おとろ》えぬ意欲で絵を描き続けている。気持ちが充実していて、それを絵に込《こ》めたい気持ちだった。

「僕は水。だから、瑞々《みずみず》しい花が描ける」

秀士郎に言われた言葉に、龍神はずっと突《つ》き動かされてきた。そうありたいと。花たちと、そう付き合いたいと。

グレを下げて家へ帰った信久《のぶひさ》は、さっそくグレ料理の準備をし始めた。

「正月の分まで、たっぷりあるぞー！　今夜は、刺身。明日《あした》はタタキ。元日は鍋《なべ》だ！」

グレは、雅弥《まさみ》が血抜《ちぬ》きをし、内臓を取ってくれていたので、それを三枚におろし、刺身、タタキ、鍋用に切り分けていく。母公恵《きみえ》は、その手際を惚《ほ》れ惚《ぼ》れと見た。

「あんた、料理人になるつもりなの？」

母にそう言われ、信久は笑った。

「手際がいいように見えるけど、実は雑なんだぜ。ほら、切り身の大きさも揃《そろ》ってないし。これが先輩《せんぱい》なら、身の切り口なんかもスッゲー綺麗《きれい》でさあ！」

そうは言っても、ここまでやってくれる子どもは、そういない。公恵は、信久と龍神《たつみ》たちに感謝した。

信久たちは、自分たちで考え、工夫《くふう》し、協力し合うことで切磋《せっさ》琢磨《たくま》しているのだ。息子《むすこ》が、そんな友だちに恵《めぐ》まれているのが嬉しかった。日々逞《たくま》しくなっていくことが誇《ほこ》らしかった。

「じゃあ、お母さんは、大根と手羽の煮込《にこ》みを作りまーす！」

「はい、よろしく」

母子二人の一年が、また過ぎてゆく。


夕食のテーブルに、真鯛の美しい造りが出てきて、清弥《きよみ》は驚《おどろ》いた。

「お前が釣《つ》ったって、雅弥!?」

「いや、釣ったのは、龍神」

「雅弥さんが、お造りにしてくれたの。綺麗でしょう」

母高子《たかこ》は、とても嬉《うれ》しそうだ。その様子を見て、清弥は苦笑いした。

「真鯛はまだ一尾《び》あるの。お正月は、お鍋ですって。楽しみねえ」

高子の声は、はしゃいでいた。

小学校に上がる頃《ころ》から、徐々《じょじょ》に表情が乏《とぼ》しくなってきた雅弥。中学からぽつぽつと学校を休むようになり、高校はほとんど行かなくなった。特に生活が荒《あ》れるわけではなかったが、高子はずいぶん心配したものだ。清弥には、雅弥の「憂《うれ》い」がわかっていたので、放っておいたが、だからこそ、高子は一人で気をもむしかなかった。

(陣内龍神《じんないたつみ》の、何がお前の気に入ったのか知らんが……)

高子《たかこ》と笑い合う雅弥《まさみ》を見て、清弥《きよみ》は不思議に思う。そして、自分も笑顔になっていることを嬉しく思う。子どもの笑顔ほど、親を幸せにするものはないのだと、高子を見て痛感する。

「せっかくのお刺身だから、今夜は日本酒のいいものを用意しましょうか、清弥さん」

と、笑顔で問うてくる高子に、清弥も笑顔で返した。

「いいわね！　じゃあ、あたし、とっておきの開けちゃう！」

キャッキャと楽しそうな両親を見て、雅弥も楽しくなった。


「おかえりー、龍兄《たつにい》！」

玄関《げんかん》に、晶子《あきこ》と和人《かずと》が迎《むか》えに出てきた。

「ただいまー、イナダ釣ってきたよー！」

「うわー、スゴ――イ!!」

龍神が掲《かか》げたイナダを見て、和人と晶子が声を上げた。それに驚いて、父功《こう》、母弘《ひろ》子《こ》も顔を出す。

「お前が釣ったのか、龍神。すごいな！」

「えへへ」

「まあ、どうしましょう。こんな丸ごと、お母さん捌《さば》けるかしら」

「大丈夫《だいじょうぶ》、母さん。僕が手伝うから」

胸を張る龍神に、和人も晶子も太鼓判《たいこばん》を押す。

「兄さんは魚を捌けるんだよ、お母さん。すごいよね！」

「お刺身とか、自分で作っちゃうんだよ。すごいよね！」

「逞しいなあ、龍神」

功にもそう褒《ほ》められ、龍神は大いに照れた。そんな龍神を、少し複雑な気持ちで弘子は見ていた。

軍手をはめ、龍神と協力して、弘子はイナダを捌いた。それは、結構な力仕事だった。だが龍神は、ぐいぐいとイナダに包丁を入れていく。

成長期の龍神は、ちょっと見ないうちに、背が高くなり、腕《うで》や肩《かた》が逞しくなっていた。力も、いつの間にこんなに強くなったのかと、弘子はなんだか切なくなるような思いがした。

「ほら、これで三枚におろせたよ。あとは、刺身用と鍋用に切り分けていくだけ」

その手際《てぎわ》の良さは、塔《とう》でいつもやっているからなのだろう。自分で魚を釣り、自分で料理し、食べ、眠《ねむ》り、学業も問題なく、こんなにもしっかりと育っている。

「……」

「母さん？」

「あんたったら……」

弘子《ひろこ》は、溜息《ためいき》をついた。

「親が教えもしないのに料理ができて、親が教えもしないのに勉強もできて、親が育てもしないのに、こんなに逞しく育って……。親の立《た》つ瀬《せ》がないわ」

弘子のその口調は、少し寂《さび》しげだったが、悲しげではなかった。

「ごめんね、母さん」

龍神《たつみ》が、静かに返す。

「僕のやってることは、普通《ふつう》じゃないってわかってるんだ。まだ十代の子どもが、家を出て一人暮らしを続けるなんて、お母さんが心配するのも当然だよね」

台所の窓からは、ロウバイの花が、今年も見事に咲《さ》きそろっているのが見えた。まるで蠟《ろう》でできているかのような黄色い透明《とうめい》な、可憐《かれん》な花が、窓からの明かりの中に浮《う》かんでいる。その美しさを愛《め》でながら、龍神は言った。

「でも、これが僕なんだ。そして、僕は僕らしくありたいんだよ、母さん。だって、それが、僕が僕ってことなんだもん。でも、それだけじゃ、説得力がないだろ。だから、僕はきちんと生活するんだ。勝手をやってるだけだって、誰《だれ》にも文句を言われないように」

最後の言葉を、ややきっぱりと言う。

弘子は、口許《くちもと》を少しほころばせ、軽く頷《うなず》いた。

納得《なっとく》はしていないだろう。母親として、これからも納得はしないだろう。でも、認めざるを得ないと、わかってもいるだろう。

母というものは、気持ちも立場も複雑だ。子どもを認めてやらねばならないのに、どうしても口が出る、手が出る。それをどうしようもない時がある。いけないと思いつつ、またやってしまって落ち込む。

「子どもの成長を喜ぶより、心配する方が先になっちまうんだなぁ。手のかかる子どもを持っちゃあ、なおさらだ」

ロウバイの花に顔を寄せて、秀士郎《しゅうじろう》は呟《つぶや》いた。

「だが、親がそんなだと、かえって子どもは成長するもんだ。心配性《しょう》の親を早く安心させてえと、子どもは健気《けなげ》に育つのよ」

ロウバイを映した台所の窓に、秀士郎《しゅうじろう》は笑いかけた。

「子どもにあんまり心配かけてやるなよ、親どもよ」


陣内《じんない》家の玄関には、龍神《たつみ》が中学の時に賞を受けた絵が掛《か》けられている。

「次の展覧会はいつだって？」

自分の絵の前で、ふと足を止めていた龍神に、功《こう》が話しかけた。

「三月一日だよ」

「作品は、ちゃんとできたのか？」

「うん。二枚とも、ちゃんと描《か》けた」

「そうか。楽しみだな」

「これからも頑張《がんば》れよ」ではなく、「楽しみだな」と言った父は、本当に変わったと龍神は感じた。本当に、「いい方に変わった」と。功の言った「楽しみだな」には、龍神がまた賞を獲《と》ると信じている気持ちが込められている。

「賞を獲ったら、またここに飾《かざ》ってよね」

龍神がそう言うと、功は嬉《うれ》しそうに笑った。

「もちろんだ」

イナダの刺身や鍋《なべ》を堪能《たんのう》し、久しぶりの家族団らんを楽しんだ龍神の正月だった。

染み、ひとつ

「ジャ――――ン！　どう!?」

年明け、二日夜。

塔に帰ってきた龍神《たつみ》を迎えたのは、艶《あで》やかな振《ふ》り袖《そで》姿のエスペロスだった。

髪《かみ》は頭の上にまとめて少し後ろへ垂らし、べっ甲《こう》や花の簪《かんざし》を飾っている。振り袖は、黒地に紅白の椿《つばき》が散った柄《がら》。今時の若い子が着るには地味だが、上品で鮮《あざ》やか。エスペロス自身が派手なので、ちょうどいいかもしれない。帯は、赤地に金糸で鞠《まり》を刺繍《ししゅう》したものだった。

「うわあ、綺麗《きれい》だよ、エスペロス！　似合うじゃん！」

龍神は素直《すなお》に感心し、それから笑った。

「黒が似合うのは、ゴスロリと変わらないね」

「今日、これでマミとケーコと、初詣《はつもうで》に行ってきた！　マチャミを呼び出して」

「あっはっは！　目立ったろうなぁ〜」

超上級《ちょうじょうきゅう》の魔女《まじょ》に、賽銭《さいせん》を投げられて祈《いの》られる日本の神様の気持ちはどんなだろうと、龍神は可笑《おか》しくなった。

エスペロスたちに急に呼び出された雅弥《まさみ》は、ダークブルーのセーターにジーンズという軽装だったが、キャメルのダッフルコートに椿色《カメリア》のマフラー、そして、銀の留め金のついた、黒のエンジニア・ブーツと、なんともお洒落《しゃれ》だった。振り袖姿のエスペロスと並ぶと、華《はな》やかなことこのうえなく、真実《まみ》と敬子《けいこ》は、「二人を見ているだけで、おめでたい気分になる」と、熱い溜息をついた。

街を歩く人々、神社の参拝人たちが、皆《みな》当然のように二人の方を振り向き、目で追う。カメラを向ける者も大勢いた。「芸能人？」とか「モデルのカップル？」と、囁《ささや》き合う声もよく聞こえた。

振り袖のエスペロスをエスコートする雅弥は完璧《かんぺき》で、ちょっとした段差でも、手を差し伸《の》べ、足下に注意を促《うなが》した。真実と敬子は、感心してそれを見ていたが、雅弥は真実と敬子も、ちゃんと気遣《きづか》った。人混《ひとご》みの中では、はぐれないように目を配り、ドアを開けて待ち、荷物を持つ。真実《まみ》と敬子《けいこ》は、それだけで幸せだった。

「マチャミのえらいとこはさあ、へつらってるわけじゃないんだよね。女の子に気配りはするけど、リーダーシップはちゃんと取るんだ。次はどうするか、みんなの意見を聞いて、まとめて、決断するのはマチャミなの」

「さすが一色《いっしき》さん、そんなとこまで天才……ってゆーか、あの一色家なら、そういう躾《しつけ》というか、教育をちゃんとしてそうだよね」

龍神《たつみ》は、自分や信久《のぶひさ》じゃこうはいかないぞと痛感した。

「マチャミが女の子の荷物を持つのは、女の子の両手がふさがっている時だけ。これは、気配りなんだ。ただの荷物持ちとは違《ちが》うんだぞ～」

大きな目をグリグリさせながら迫《せま》ってきたエスペロスの顔を、龍神はそっと押し戻《もど》す。

「はい、わかります。エスペロスが何を批判しているのか、わかります」

エスペロスは、両腕《りょううで》をギュッと組み、頬《ほお》を膨《ふく》らませた。

「女の子たちを気遣うマチャミを見て、ホストかよとか言う奴《やつ》がいたわけ！　ムカついた！　小っちゃなバッグ一つしか持ってない女の、そのバッグを持つことが、優《やさ》しさだとか気遣いだとか勘《かん》違いしてる軟弱《なんじゃく》な男と、マチャミを一緒《いっしょ》にしないでほしいわ

け！　弱いから優しくしかなれないのと、強いから優しくできるのとは、ま――っ
たく違うんだから!!」

エスペロスは、高々と吠《ほ》えた。

（弱いから、優しくしかなれない。強いから、優しくできる……か）

魔女のその言葉は、深かった。

同じ優しさでも、二つはまったく違う。

「男も女も、それを勘違いしている奴ぁ、大勢いそうだの」

さっきから面白《おもしろ》そうに話を聞いていた秀士郎《しゅうじろう》が、新聞の向こうで笑った。

「優しさの意味なんて、どうでもいいと思ってるンだ、下等な人間は。ってゆーかぁ、
そもそも、それを理解する知能がないんだよね！」

思い切り見下したように、エスペロスは言った。その様子に、龍神はピンときた。

「エスペロス、その……一色さんをホストって言った奴に、何かしたの？」

魔女は、歯を出して笑った。

「十年ぐらい、神社仏閣で『大凶《だいきょう》』を引き続けるがいいわ！　キャハハハハ!!」

「うわ～、嫌《いや》な呪《のろ》いだなー」

初詣をすませたエスペロスたちは、雅弥《まさみ》の家に招かれて、お茶をごちそうになった。

振り袖姿のエスペロスに、清弥《きよみ》は大感激して、写真を撮《と》りまくった。どう見ても女性にしか見えない清弥に、敬子《けいこ》は戸惑《とまど》ったが、真実《まみ》は一目惚《ぼ》れ。帰る間中、「清弥パパって素敵《すてき》だよね！」と言い続けた。

そして、エスペロスの振り袖姿に感動した真実と敬子は、自分たちも着物を着たいと言った。それぞれの母親に相談してみると。エスペロスは、もし家に着物がないとか、振り袖を着たかったら、キャロリーナの家にあるから貸すと伝えた。

「で、結局マミもケーコも、キャロリーナの振り袖を着ることになったんだ。明日《あした》、キャロリーナん家《ち》で着付け～」

エスペロスが、楽しそうに言う。

「え？　キャロリーナの魔法の家で？」

キャロリーナの家は、実体がない。ドールハウスを、魔法で本物のように見せかけているだけである。

「臨時で、本物のキャロリーナの家を作ったんだ」

こともなげに、超上級魔女が言う。龍神《たつみ》は、「あっ、そう」と、頷《うなず》くしかなかった。

「振り袖って、成人式だもんな～。普段《ふだん》から振り袖がある家って、珍《めずら》しいよね。あ、でも、女の子はいつ着てもいいんだっけ?」

「敬子ん家はママがお茶をやってて、敬子もお茶をするから着物は持ってるんだけど、やっぱり振り袖を着たいって」

「いいなぁ。女の子は華やかで」

「龍神も明日、一緒に初詣行こう。ノブもマチャミも呼んで。そうだ、アッコと和人《かずと》も呼ぼう!」

「エスペロスも、もう初詣は行っただろ」

「今度は、別のとこに行こう。みんなで、着物着て!」

「そりゃいい」

秀士郎《しゅうじろう》が大笑いした。龍神は、首をぶんぶん振った。

「それこそ、成人式みたいになっちゃうよ。あ、でも、ノブは着物、似合うかも」


新年、三日。

キャロリーナの家で、アマリア・ママに振り袖を着付けてもらい、エスペロス、真実、敬子、晶子《あきこ》の四人の女の子は、キャロリーナの振り袖が十着もあることに仰天《ぎょうてん》しながらも、それはそれは楽しそうだった。釣《つ》られて、男四人も楽しくなる。結局、男組は着物は着なかったが。

雅弥《まさみ》を見習いながら、龍神《たつみ》は敬子《けいこ》を、信久《のぶひさ》は真実《まみ》を、和人《かずと》は晶子《あきこ》を懸命《けんめい》にエスコートした。女の子たちは、照れながらも嬉《うれ》しそうだった。

振《ふ》り袖《そで》四人組の記念写真は華やかで、艶《あで》やかで、女の子たちは大喜びした。

「振り袖美少女四人、萌《も》え～～～っ!!」

と、信久も大喜び。

晶子は、カメラマン役の龍神に、

「写真、A4ぐらいの大きさに引き伸ばして」

と、頼《たの》んだ。真実は、

「これから毎年着物を着る」

と、着物をすっかり気に入ったようだ。

神社の境内《けいだい》の梅の花も、釣られて咲《さ》きほころびそうな、楽しい一日。

そんな日の、夜だった。

龍神と秀士郎《しゅうじろう》とエスペロスが、グレ鍋《なべ》を堪能《たんのう》している時、

「アッコの学校で、いじめがあるんだって」

と、エスペロスが唐突《とうとつ》に言った。龍神が、思わず箸《はし》を止める。

「いじめ!?」

龍神の目がまん丸になっているのを見て、エスペロスは付け加えた。

「アッコがいじめられてるってわけじゃないよ」

龍神は、ほっとした。

「ああ、びっくりした」

「ガキぁ、しょうがねぇなあ」

大きな溜息《ためいき》のように、秀士郎が言った。

グレをはふはふと頬張りながら、魔女《まじょ》が話を続ける。

「同じクラスの女の子でね。大人しい子だから、アッコも始めは気がつかなかったけど、他《ほか》の女の子たちから、なんとなく無視されてるみたいだと」

「暗いとか、太ってるとか、そんな理由でかな?」

「アッコが言うには、日本人形みたいな子らしいよ」

「お、美人だからやっかまれとるのか？　女の敵は女よの」

秀士郎が笑う。

「お人形さんみたいに綺麗《きれい》……ってタイプじゃないみたいだね」

と、お人形さんみたいに綺麗なエスペロスは首を振った。

「アッコが言った日本人形みたいっていうのは、目が細くて、上品だけど地味な顔つきって感じのやつで」

「ああ、なるほど。確かに、上品だけど地味だね」

「そういう女は、大人になれば美人になる」

秀士郎《しゅうじろう》が、大きく頷きながら言った。

岸田《きしだ》温代《あつよ》は、あまり目立たない、大人しい女子生徒だった。整った、どことなく上品な感じのする顔立ちだが、とても地味な印象を受ける。だが、暗いという感じではない。

晶子《あきこ》が、「ひょっとして無視されてる?」と気づいたのは、二学期に入ってからだった。友だちは、同じクラスにいなくても他のクラスにいるかもしれないし、悪口を言われたり、持ち物を隠《かく》されるなどのあからさまないじめはないので、温代が「孤立《こりつ》している」ことがわからなかった晶子だった。そして、それはおそらく担任もだろう。

晶子は、注意深く温代を見ていた。

クラスには、「目立つ人物」というのがいる。ハキハキと物を言い、人と接することが平気というか得意という者。友だちがすぐにできるタイプ。晶子のクラスにも、やはりこういう者のグループがいた。中心人物は、相田麗子《あいだれいこ》。よく笑い、よく喋《しゃべ》る、活発な女の子だ。

この相田麗子のグループが、温代を無視していた。

それは、「いじめ」というほどのものではない。麗子は、悪口や手を出していじめるようなタイプではなかった。ただ、無視していた。それは、「温代には話しかけられたくない」「温代とは関わりたくない」という風に見えた。麗子が、温代に対して距離《きより》をおいている感じだった。

確信を得た晶子は、でも、どうしていいかわからなかった。

このまま、何もしないでいいのだろうか？

担任に報告する？　麗子が、温代をいじめていると？

悪口も言わない、手も出さない、ただ無視しているだけ。それって、いじめ？

それとも、いずれは無視だけじゃすまなくなる？

『今のところね、岸田さんが、すごく悲しそうとか、悩《なや》んでるとかって感じじゃないんだ。クラスの中も、岸田《きしだ》さんはいじめられっ子で、相田《あいだ》さんはいじめっ子って雰囲《ふんい》気《き》じゃないし……。このまま、何もなくて三学期が過ぎて、クラス替《が》えになったら、それで終わりって感じもするし……』

と、晶子《あきこ》はエスペロスに、特にアドバイスを求める風でもなく言った。

「クリスマスの夜に……そんな話をしてたわけ？」

「いつ龍神《たつみ》に言おうか言うまいか、迷ってたんだ」

エスペロスは、ぺろりと舌を出した。

「アッコは、そんなに悩んでる感じじゃなかったよ。ちょっと戸惑《とまど》ってる、ぐらいかな」

温められた食堂内に、コーヒーの香《かお》りが満ちる。ビターチョコケーキに、熱いカスタードクリームをたっぷりかけたデザート。エスペロスはそのまた上に、生クリームと、ラズベリーソースをかける。

「う〜ん……。晶子の思う通り、何事もなく三学期が過ぎてくれればいいけど」

晶子の、あのキラキラした笑顔《えがお》と、心から楽しそうな様子を思い出して、龍神は複雑な気持ちになった。

決して深刻に思い悩んでいるわけではないけれど、晶子は、ただ無邪気《むじゃき》なだけではなかったのだ。ただひたすら健《すこ》やかに、毎日を過ごしているわけではなかった。

(そりゃ、そうだよな……)

龍神は、溜息をついた。

なんの悩みも苦しみも悲しみもない者などいない。それぐらいわかっているはずなのに。晶子には、いつも笑っていて欲しいと龍神は思う。

(和人《かずと》はいい。和人は、いろいろ壁《かべ》にぶち当たって悩めばいい)

いつもと変わらず、楽しく過ぎてゆく毎日にも、さまざまな悩みや苦しみが生まれる。

自分を振り返ってみてもそうじゃないかと、龍神は思った。龍神の場合は、主に絵のことだが。

当たり前のことなのに、当たり前のことだからこそ、普段《ふだん》はあまり意識しないものだと、龍神はあらためて思った。

「それは、悩みとうまく付き合えている証拠《しょうこ》よな」

と、秀士郎《しゅうじろう》が言った。

「乗り越《こ》えられる悩みは、さっさと乗り越える。乗り越えられない悩みは、乗り越えられるようになるまで、いろいろ打開策を試《ため》す、またはうっちゃっておく。お前は、それができているのだ」

ぐびりと酒を飲み込んで、秀士郎《しゅうじろう》は続けた。

「人間、そうでなければならん。いつまでも、ぐずぐずぐずぐず同じ泣き言を言うばかりで、いっこうに先へ進もうとせん奴《やつ》らがおるが、腹が立つのは、こやつらは、己《おのれ》で言うほど悩んでおらんことよな！」

相変わらず、バッサリと秀士郎は斬《き》り捨てる。

「悩んでいる自分を、いたわってほしいんでしょ。だから、ことさら悩んでみせる」

魔女が笑いながらそう言うと、秀士郎は舌打ちした。

「誰《だれ》がいたわってなぞやるか！　いたわってほしいだと？　そんな己が、よくも恥《は》ずかしくないものだ」

「ホントに悩んでる子は、いたわってほしいなんてアピールしないよね～。もっと謙《けん》虚《きょ》だよね～」

達観しきった老人たちの意見は、厳しい。

龍神《たつみ》は、晶子《あきこ》が、いじめの問題を大袈裟《おおげさ》に受け止めていないことに安心していた。これが母弘子《ひろこ》なら、泣くほど悩んでいるだろう。晶子は、まだ冷静だ。状況《じょうきょう》をよく見ている。

そして、そんな悩みを打ち明けたのが、母ではなくエスペロスであったことにも安《あん》堵《ど》した。弘子に伝えようものなら、どんな大騒《おおさわ》ぎになっていたか。きっと弘子は、こう言うだろう。

『温代《あつよ》さんの味方になってあげなさい。麗子《れいこ》さんに、いじめはよくないって言ってあげなさい。クラスのみんなでこの問題を考えて、解決するように、お母さんからも担任の先生に言うから』

そう言い、そう行動する姿が目に浮《う》かぶようだ。

親が出てくることで、解決するばかりか、事態が悪化することがままある。

温代と麗子の問題は、放っておいてもこれ以上悪化することなく、三学期の終了《しゅうりょう》とともに自然消滅《しょうめつ》しそうな気配だった。そうであってくれと、龍神は願った。

(なるべくなら、手は出さないでくれ、晶子。手を出して、話をややこしくしないでくれよ……)

無視されている生徒は気の毒だが、大事な妹が巻き込まれるのは嫌《いや》だと思う兄だった。

三学期が始まった。

三年生が登校しなくなった条西高校《じょうさい》は、なんだか少しひっそりしていた。中庭の草木も葉を落とし、北庭の泉水も、寒々として見える。その向こうの特別棟《とう》も、文化祭を終えた三学期は、文化部が活発なクラブ活動をしないせいもあって、とても静かだ。

龍神《たつみ》の所属する美術部もそうだった。美術部の活動は、夏休みの間、市民ホールに展示される作品を制作することと、文化祭に展示する作品を制作することである。この文化祭用の作品は、そのまま、三月の有名な展示会に出品されるので、力が入る。それ以外の期間は、デッサンの勉強などをしている。

美術部の三学期は、デッサンや写生をする勉強期間なのだが、皆《みな》ついついさぼりがちで、スケッチブックは真っ白のままで喋っておしまい、という日が多かった。

一方、三年生の壮行会《そうこうかい》に出し物をする演劇部と映画研究部は、卒業式前日の壮行会まで、忙《いそが》しい毎日を送る。生徒会も然《しか》り。

手の彫刻《ちょうこく》のスケッチをしながら、龍神が軽く「いじめ」の話題を振《ふ》ってみると、部

員たちは皆、思いの外食い付いてきた。というのも、俺のクラスの奴じゃないけど
「中学の時、いじめで自殺した奴がいたんだ。」

と、二年生の男子部員が言ったからだ。

「教室の窓から飛び降りてさ。でも、助かったよ」

龍神たちは、ぎょっとしてからホッとした。いじめられて自殺して死んだ、なんて話は嫌なものだ。

「いじめてた奴ってのは、まぁ、いじめっ子タイプだったたな。何人かで群れてて、煙草《たばこ》を吸ったり、女の子をからかったり、授業をサボって、窓ガラス割って……。いじめられてた奴は、特に特徴《とくちょう》のある奴じゃなかったなぁ。でも、やっぱり、いじめる側から見ると、何かあるんだろうなぁ」

いじめる側は、対象をいじめることで、いったい何を得るのだろう？

自分より「格下」を作ることで、そしてそれを踏《ふ》みつけ、踏みにじることで、自分が格上であることの優越《ゆうえつ》感に浸《ひた》る。

一人の人間を、完全なコントロール下に置き、自由にすることで、自分が優《すぐ》れた者であると感じる。自分は、その者の「王」なのだ。

いじめは、簡単に王様になれる方法。下僕をひどく扱《あつか》えば扱うほど、下僕がそれに

従うほど、王であることの快感が増す。それは、人を狂《くる》わせてゆく。

「確かに、いかにもいじめられっ子ってタイプはいるよね。でも、そうであるにしろないにしろ、人をいじめるって……ないわ～。それが楽しいとか……ないわ～」

女子部員は、大きく首を振る。

「バイト先に、すっごい意地悪な人がいました！　二十代半ばぐらいの女の人なんですけど、気に入る人には優しくて、でも、気に入らない人には、もう喧嘩腰《けんかごし》というか、嚙《か》みつくように喋《しゃべ》るの。その時の顔が、ブルドッグそっくりで！」

「あ、ブルドッグで思い出した。えらそうなことで有名な某《ぼう》元野球監督《かんとく》夫人に、銀座の文房具《ぶんぼうぐ》店で会ったんだけど、テレビで見るそのまんまだったよ。係員にさ、さっさとしなさいよ！　とか言ってんの。あ、この人本当にえらそうな人なんだって思った。でもさぁ、なんであんなにえらそうにするんだろ？　不思議だよ。えらいのは旦那《だんな》だろ、あんたじゃなくて、って言いたかったね」

「誰の中にも、優越感や差別心ってあると思うんです」

と、龍神《たつみ》は言った。

「ちょっとしたことを人と比べて、勝ったと喜んだり、これはいいけど、これはダメって決めてたり。そういうことはあっていいし、あって当然だと思うけど、それを実際に、人に対してやるとこまでには、すごい距離《きょり》があると思うんです。その前に、理性や常識の壁《かべ》があるというか」

「それを簡単にしちゃうって、恐《こわ》いよね」

「理性や常識がないってことだもんね」

一年生の女子部員二人は、顔を見合わせて頷《うなず》き合った。

(晶子《あきこ》が心配しているケースは、それほど深刻じゃないとは思うけど、これからどうなるかわからないよな)

三学期が始まり、温代《あつよ》と麗子《れいこ》の問題がどうなっているのか、龍神も気になっていた。

「人をいじめるとか、ネットで悪口言うとか、そういう後ろ向きなことが楽しいなんて……なんて悲しい奴らだ」

新部長になった二年生男子、月島《つきしま》は、大きく頭を振りながら溜息《ためいき》をついた。

「世の中には、前向きに楽しいことが山のようにあるだろうに、なんでわざわざ後ろ向きな、しかも他人に迷惑《めいわく》をかけることに楽しさを求めるんだ。まったく、理解できん。頭が悪いとしか思えん」

「そうねぇ……」

二年女子が大きく頷いた。

「あんたは、猫《ねこ》さえいれば幸せだもんねぇ、月島《つきしま》。平和で安上がりだわ」

ドッと、皆が笑う。

「笑うな！　ミュウたんが、どれだけ俺を癒《い》やしてくれるか、お前らは知るまい！　世界中の人間が、ミュウたんのような癒やしを持っていれば、世界はどれだけ平和か！」

「それは言えますね」

龍神《たつみ》たちは、笑いながら同意した。

身体的にハンデのある信久《のぶひさ》は、格好のいじめの標的といえばそうだった。実際、さまざまな差別的扱いを受けてきた。しかし、信久はそれに決して負けなかった。

信久は、自分をそういう風に扱う人間がいるのも当然だと達観していた。だからといって、容認《ようにん》はしないが。断固として。

信久は、やられたら、やり返した。言われたら、言い返した。相手に優越感を与《あた》えなかったのだ。信久が、自分の言いなりにできないとわかると、相手は信久に興味をなくして去って行った。

信久は言う。信久をいじめようとしたうちの何人かは、家庭に問題のある者だったと。親が子どもに無関心か、異常な過保護だった。

「そりゃ、うちも異常な過保護といやあ、そうだったけど」

と、信久は笑った。

（ノブは、親の異常な思いに負けなかったからだ）

龍神は、そう確信する。信久は、母の偏《かたよ》った思いを心配していた。この母子《おやこ》は、お互《たが》いに思い、思われていたのだ。ちゃんとコミュニケーションがとれていた。

親が無関心にしろ過保護にしろ、まっとうに愛されなかった者に、他人とまっとうに接しろと言っても無理な話だ。その多くは、徐々《じょじょ》に他人との交わりを通じて、否応《いやおう》なく世界に順応してゆくが、そうでない者もまた多い。そうでない者は、歪《ゆが》んだ形でしか、自分を表現できない。愛も、喜びも、悲しみも、苦しみも。

「常に優越感を感じてなきゃ気がすまないとか、他人を傷つけなきゃ気が治まらないとか……しんどいだろうと思うけど、そう感じる神経もないんだろうなぁ」

「そういう神経も、人からちゃんと愛されて、きちんとコミュニケーションをとることで育つんだと思うよ」

放課後の校庭から見上げる空は、冷たい風が吹《ふ》いていても、とても青かった。まだ寒気の居座る空の向こうには、しかし、春は確実に待機している。今か今かと、出番を待っている。

青空のまぶしさに目を細めつつ、龍神《たつみ》も信久《のぶひさ》も、それぞれの親のことを思った。自分を形作ってくれた、もっとも基本の部分。そこには、いろいろな問題や悩《なや》みはあったが、親たちは懸命《けんめい》に自分たちを育ててくれた。そして、龍神には、秀士郎《しゅうじろう》がいた。龍神は秀士郎のもとで、一足飛びに大人に成長したのだ。

（おかげで、落ち着き過ぎてるとか、じじ臭《くさ》いとか言われますけど、感謝してます。ありがとう、おじいちゃん）

龍神は、心の中で笑いながら言った。

「先輩《せんぱい》もさぁ～、いじめられただろうなぁ～。目に浮《う》かぶなぁ～」

以前、雅弥《まさみ》は、学食で頭からラーメンをかけられたと言った。

「いやぁ、一色《いっしき》さんのは、いじめじゃないよ。あれは、嫌《いや》がらせ」

龍神は頭を振《ふ》る。

「違《ちが》うのか？」

「一色さんをいじめて、優越感に浸れると思う？」

龍神にそう言われて、信久は想像してみた。

「格好悪くなれ」「恥《はじ》をかけ」と思いつつ、雅弥の頭からラーメンをかけてみたが、雅弥はまったく動じず、ラーメンの汁《しる》をぬぐう姿も格好良く、しかも、一撃《いちげき》必殺で反撃してきた。

「確かに……。いじめなんて成立しないな」

信久は、大きく頷く。

「一色さんを、なんとか貶《おとし》めてやろうとする奴《やつ》は、大勢いるだろうけどね。なんか、ほっとけないいんだろうね。あんな完璧《かんぺき》な人を目の前にするとさ、自分が惨《みじ》めなのを思い知らされるというか……。だから、嫌がらせをせずにはいられない」

「龍神もそう感じるのか？」

いやに詳《くわ》しく解析《かいせき》するので、龍神もちょっとはそんな思いを抱《いだ》いているのかと、信久は思ったが、龍神は首を振った。

「天才と自分を比べようなんて思わないよ。そんなことしてもなんにもならないだろ。立ってるステージが違うんだから」

あっさりと、龍神は言った。

「そんなこともわからないようなバカな奴が、嫌がらせなんて、みみっちいことをするんだよ。一色さんやエスペロスと、自分が同じ場所に立ってるなんて、甚《はなは》だしい思い上がりだよね～。分相応って言葉があることすら知らないんだろうなぁ、そういう奴って。ホント、頭の中に回路が一本しかない奴って、どうしようもないよな。月島《つきしま》先輩も言ってたよ、頭の悪い奴だって。その通りだよ。東大出てたって、頭の悪い奴は頭が悪いんだ」

立て板に水の如《ごと》く、毒を吐《は》く龍神《たつみ》。

(ゴジラが放射能を吐いているみたいだぞ、龍神!)

と、信久《のぶひさ》は冷《ひ》や汗《あせ》をかいたが、

「僕は、別のステージで、いくらでも頑張《がんば》れる。そして、ステージはいくつでもあるんだ」

という龍神の意見には、大きく頷いた。

「……アッコちゃんが、いじめられてなくて良かった」

冷たい風の中、歩きながら信久がポツリと言った。

「うん……。いじめられてる子には悪いけど」

龍神も、ポツリと返す。

晶子《あきこ》は、一見いじめられるようなタイプの子どもではない。しかし、あの、いかにも純粋《じゅんすい》な明るさや、性根《しょうね》の可愛《かわい》さが、そうではない者の反感を買う恐《おそ》れが充分《じゅうぶん》にある。そういう者は、自分が晶子のようになりたくてもなれない苛立《いらだ》ちを、対象にぶつける。

雅弥《まさみ》の場合と同じだ。

晶子がそんな連中にいじめられたら、相当苦しむだろうと、龍神は想像しただけで胸が痛んだ。それは、晶子が、母弘子《ひろこ》のような、純粋なだけの人間ではないからだ。

(母さんなら、自分の身に降りかかった悲劇に酔《よ》うことができる)

苦しみ、悲しんでいるように見えながら、どこか「芝居《しばい》がかって」いる。

苦しみも悲しみも、「表面だけ」で、実は中身がない感じがする。

だから、相手に響《ひび》かない。相手のことも、本当はわかっていない。そして、自分自身のことも、本当はわかっていない。以前の弘子は、そういう人間だった。

(今は、ちょっと変わってきたみたいだけど)

秀士郎《しゅうじろう》に、このことを訊《たず》ねたことがあった。秀士郎は、

『そりゃあ、自分ってやつを、ちゃんと作れてないからだろう。そんな奴ぁ、表面を取り繕《つくろ》うしかねぇのよ。だから大袈裟《おおげさ》だったり、どこかが不自然なのだ』

と、バッサリ斬《き》った。

弘子は、豊かな家庭で育った。家族の仲も良かった。愛されて育ってきたはずだ。

(そんな人間でも、自分を作れないことがあるんだ……)

と、思ったところで、龍神はハッと自分を振り返った。

(僕が、そうだったじゃん……!)

龍神《たつみ》は、優秀《ゆうしゅう》な父母の言いなりだった自分を思い出した。

よくできた父と母を尊敬し、二人の言うことを聞いていればいいのだと、それが正しいのだと思っていた。

あのまま、功《こう》と弘子《ひろこ》の「理想の子ども」のまま育っていたら……

(さぞ中身のない……つまり、〝僕〟じゃない僕が出来上がっただろうな)

龍神は、溜息《ためいき》をつく。

それは父母のコピーであって、中身は空っぽの人間だ。

親とは違う、自分独自の世界を作るため、子どもは親元を離《はな》れてゆく。

(反抗期《はんこうき》って、そのためにあるのかなぁ……)

和人《かずと》も晶子《あきこ》も、そうなりつつある。

温代《あつよ》と麗子《れいこ》を見つめ続けたことで、晶子はどう変わってゆくのだろうか? 龍神は、興味深かった。

ひいおじいちゃん夫妻の、華麗なる生涯

　その日は、信久《のぶひさ》も塔《とう》にやって来て、一緒《いっしょ》に夕食となった。信久の母公恵《きみえ》が、仕事で遅《おそ》くなる時や留守の時は、信久はよく塔で過ごす。エスペロスは、いなかった。雅弥《まさみ》とデートだろう。

「寒い日は、やっぱ鍋《なべ》だねー」

　今夜のメニューは、「根菜と鶏《とり》団子の中華《ちゅうか》鍋」。大根と白菜は自家製。にんじん、椎《しい》茸《たけ》、ごぼう、鶏団子、豆腐《とうふ》などは買ってきて、老酒《ラオチュー》、醬油《しょうゆ》、中華スープの中で煮《に》込み、仕上げに胡麻《ごま》油を垂らして出来上がり。

「鍋はいいなぁ～。簡単だし、美味《うま》いし」

　食堂に、温かさと、湯気と、胡麻油の香《こう》ばしい香《かお》りが漂《ただよ》う。

龍神《たつみ》と信久《のぶひさ》は白飯片手に、秀士郎《しゅうじろう》は老酒の残りをちびちびやりつつ、鍋を楽しんだ。

ギルバルスは、暖炉《だんろ》の前に寝《ね》そべっていた。

窓の外はすっかり暮れて、硝子《ガラス》に映る暗闇《くらやみ》の中に、時折落ち葉が舞《ま》った。海からの風が強い日でも、木々に覆《おお》われた一階部分は、いつもおだやかだった。塔の上階に吹《ふ》き付《つ》ける風の音が、コォコォと聞こえる。

鍋をつつきながら他愛《たわい》ない話をしていた龍神が、ふと思いついて、秀士郎に訊ねた。

「そう言えば、おじいちゃんって、どんな子どもだったの？」

秀士郎が、顔を上げた。

「お父さんの子どもの頃《ころ》って想像つくんだけど、おじいちゃんはどうだったのかなって思って」

信久が、興味深そうに目を丸くした。

「わしのガキの頃なぁ」

「時代がすんごく違《ちが》うよね。第二次世界大戦中でしょ？」

「戦争中？　秀《しゅう》ジィ、戦争してたんだ　すげえ！」

信久の驚《おどろ》き具合に、秀士郎は苦笑いした。戦争を体験していることにそんなに驚くほど、この子たちは平和な時代に生まれ育ったのだ。戦争は、テレビの中の出来事なのだ。

「確かに戦争中だったが、そん時ぁ、わしもガキだったからな。それに、日本にゃ居なかったからよ」

「えっ、そうなの？」

「なんでっ？」

子ども二人は、箸《はし》を置いて食い付いてきた。

「わしの親父《おやじ》の仕事の都合よ。貿易をやっとったからな」

「ああ……」

「わしゃあ、こう見えても独逸《ドイツ》生まれじゃ」

秀士郎は、なぜか鼻高々に言った。

「ええ〜〜っ⁉」

陣内征士郎《じんないせいしろう》は、明治、大正、昭和と生きた、貿易商人だった。扱《あつか》う商品は多岐《たき》に渡《わた》ったが、美術品が多く、商売人としての辣腕《らつわん》は、国内外で高く評価されていた。二度の世界大戦中も海外におり、戦争特需《とくじゅ》に与《あず》かり、財を成した。妻、琴美《ことみ》との間になかなか子どもができなかったため、二人は旅を共にし、世界各地を巡《めぐ》り歩いた。そして、ドイツで秀士郎《しゅうじろう》が生まれたのだ。

「わしが生まれてから、すぐに第二次大戦が始まったからな。終戦までスイスに居た」

「そうか。スイスは永世中立国だった」

「なんか、かっこいぃ〜」

「でも、当時はまだ日本人が外国にいるって……いろいろあったんじゃないの？　人種差別とか」

「まぁな。なかったとは言わん」

老酒を飲みながら、秀士郎は当時を思い出している顔をしていた。

「だが、わしにとって幸いだったのは、親父が金持ちだったことだ。いつの世も、どんな場所でも、金は物を言う。強力にな」

秀士郎は、目を細めた。

秀士郎は、ドイツで生まれ、スイスで育った。何カ国語も堪能《たんのう》だった父母は、日本語の他《ほか》、英語、ドイツ語、フランス語、イタリア語を教え、十五歳で日本に帰国するまでに秀士郎が会得《えとく》した言葉は、日本語の他は英語とドイツ語だった（その後、マルキ・ド・サドの『悪徳の栄え』を読むためにフランス語を猛勉強《もうべんきょう》し、堪能に）。

秀士郎の少年時代は、まさに世界大戦の真っ直中《ただなか》だったが、手広い商売であちらこちらにコネのあった征士郎《せいしろう》は、家族を戦争に一切《いっさい》巻き込むことがなかった。そのためには、相当の金をバラまいたものと思われる。それでも、戦争で儲《もう》かる金は桁《けた》違いだったらしい。

「おまけに親父は、戦争中は各国の政府の密命を帯びて、国家間を行き来していたようだからの。どの国でも、政府の重鎮《じゅうちん》扱いだったわぃ」

「そ、それって、スパイってこと？　か、かっけぇえ〜〜〜!!」

信久《のぶひさ》は真っ赤になった。

「いやいや、ひいおじいちゃんは民間人だから。スパイじゃなくて……交渉人《こうしょう》？」

「そうだ。元が辣腕の商売人だからな。交渉はお手の物だ。表じゃドンパチやっとっても、各国とも被害《ひがい》は小さい方がいいからな。なんとか早く、しかも有利に戦争を終わらせようと、裏じゃ話し合いをするわけよ」

「ひいおじいちゃんは、商売で培《つちか》った交渉術を買われたんだね」

「戦争以前、商売相手には、各国の政府の高官も大勢いたからの。そやつらから声がかかったというわけだ」

スイスの風光明媚《ふうこうめいび》な保養地で、豪華《ごうか》な邸宅《ていたく》に住み、執事《しつじ》やメイドを揃《そろ》え、秀士郎《しゅうじろう》は何不自由なく暮らした。邸宅には、しょっちゅう各国の政府筋の者が出入りし、秀士郎と琴美《ことみ》には、万一のための警護の者が付いていた。そんな秀士郎を、差別し見下す者はいなかった。表向きは。

「親父もお袋《ふくろ》も、いい人間だった。真《ま》っ直《す》ぐで礼儀《れいぎ》正しく、聡明《そうめい》だった。使用人を大切に扱った。どんな相手に対しても、用心深かったが、誠実だった。結局は、これに尽《つ》きるのよ。人間関係はな」

琥珀《こはく》色の老酒が、グラスの中でゆるゆると揺《ゆ》れる。そのたびに、時間を重ねてきた芳香《ほうこう》が馥郁《ふくいく》と香る。秀士郎の言葉にも、積み重ねてきた経験と思いがこめられていた。

「世界各国を渡り歩いた親父たちは、人間のいい部分も悪い部分も嫌《いや》と言うほど見てきただろう。だから、現実を知っている。二人は、何事もその現実の上に立って対応していた。現実を知った上での誠実であり、まっとうさなのだ。だから、相手に伝わるのよ」

子ども二人は、真剣《しんけん》に聞き入っていた。

征士郎《せいしろう》は、スイスの邸宅を政府筋の者から紹介《しょうかい》された。「征士郎の後ろには、政府の者がいる」という看板を背負ってスイスへとやって来たのだ。征士郎は、この看板を大いに利用する。舐《な》められないために。

その上で、地元の者たちには誠実に、謙虚《けんきょ》に対応した。中には、それでも征士郎夫婦を「黒い毛の猿《さる》」と陰口《かげぐち》を叩《たた》く者もいたし、商店などでの無視もあったが、征士郎たちの態度は変わらなかった。金払《ばら》いは良く、そしてあくまでも上品に。態度は控《ひか》えめに。ただし、我《が》はキッパリと通す。

『あの日本人は、政府の重要人物で金持ちなのに、少しもえらぶらない。良い奴《やつ》そうだ』

地元の者たちの間にそう浸透《しんとう》するまで、時間はかからなかった。

征士郎は、家の執事長とメイド長はベテランを雇《やと》い、下の者の教育も兼《か》ねた。そのための金も惜《お》しまなかった。陣内家には、たちまち奉公《ほうこう》志望者が詰《つ》めかけた。使用人にも分け隔《へだ》て無く接する征士郎と琴美の評判は、すぐに地元に広がった。

「利用できるものは利用し、だけど、人に対しては誠実に。商売人の鑑《かがみ》だね」

と、龍神《たつみ》は感心したが、秀士郎《しゅうじろう》は眉間《みけん》に皺《しわ》を寄せた。

「舐められんようにするのが、難しいのよ。まっとうに接すれば、まっとうに返してくる奴ばかりじゃないからな」

「あー、そうだね」

龍神と信久《のぶひさ》は頷《うなず》き合う。

「その見極《みきわ》めと、そうなった時の対処をしておく用心深さ。この才能が、親父にはあったようだの」

征士郎《せいしろう》の実家は、乾物屋《かんぶつや》だった。征士郎は、四男二女の末っ子として生まれた。決して商売が上手《うま》くいっていない陣内《じんない》家は、子だくさんでいつも汲々《きゅうきゅう》としており、征士郎は家の隅《すみ》で小さくなって過ごしたが、商売に興味があるらしく、金計算をしている父親の横で、熱心に帳面を見て育った。

やがて学校に上がるや、征士郎は成績をめきめき上げ、第一高等学校に主席で入学、在学中に見学に行った貿易商の社主、熊田《くまだ》豪ノ助《ごうのすけ》に見込まれ、卒業後はベルリンへ留学。大学で勉強をしながら熊田に師事し、世界を相手にする商売を学んだ。当時、ドイツは経済でヨーロッパの頂点に立っていた。

熊田のもとで、征士郎は持って生まれた商才を開花させ、ベルリンの大学を卒業する頃《ころ》には一財産を築き、次期社主に望まれていた。


「すげーなー。外国で成功するなんてさ」

「まだ若かったんでしょ。大学を卒業する歳《とし》だから。家族は喜んだだろうなぁ」

と、龍神と信久は言ったが、秀士郎は軽く頭を振《ふ》った。

「そうでもねぇさ。いくら家族っつったってなぁ……」


ヨーロッパ中を相手に商売し、若くして大きな成功を収めた征士郎だが、しかし、派手派手しく故郷に錦《にしき》を飾《かざ》ることはなかった。それを阻《はば》んだのは、他ならぬ家族だった。

陣内一家は、征士郎が飛び抜《ぬ》けて出来の良いことを喜んでいた。高校に進学したのも、兄姉《きょうだい》では征士郎一人。まして、外国に留学するなど、第一高の生徒の中でも稀《まれ》なこと。父母も兄姉も、征士郎から送られてくる手紙を楽しみにしていた。ただ一人、三男の幸司郎《こうしろう》を除いては。

もともと幸司郎は、父親の商売ベタを疎《うと》んでいた。そのせいで、一家が貧乏《びんぼう》なのが嫌でたまらず、よく父親をなじり、喧嘩《けんか》をしていた。そのくせ自分では何もしようとせず、店を手伝う兄姉《きょうだい》たちを尻目《しりめ》に、縁側《えんがわ》で日がな一日猫《ねこ》の蚤取《のみと》りをしていた。そんな性根《しょうね》だから、よそへ働きに行っても長続きせず、実家へ帰ってきては、また働きに出て、また帰ってくるを繰《く》り返した。

父親よりは商才のあった長男隼人《はやと》と、次男耕太《こうた》が乾物屋を盛り立て、二人の姉妹を無事嫁《よめ》に出した。その頃には、征士郎《せいしろう》から毎月仕送りが届くようになっていた。父母は喜んだが、幸司郎は、何もかもが気に喰《く》わなかった。

ある日、幸司郎から征士郎へ、火を吹《ふ》くような怒《いか》りの手紙が届いた。

そこには、征士郎が高校へ入学したこと、外国へ留学したこと、家へ仕送りしてくること、すべてが、兄である自分をないがしろにし、見下し、自分の優秀《ゆうしゅう》さを見せつけているのだろうと書かれていた。感情にまかせて書き殴《なぐ》られたような文面は、まるで呪《のろ》いの呪文《じゅもん》のようだった。


「そんな、勝手な……」

龍神《たつみ》も信久《のぶひさ》も、それ以上の言葉がなかった。

「ああ、まったくだ」

秀士郎《しゅうじろう》の心に、その話をしてくれた時の父の横顔が浮《う》かぶ。


「まったく、勝手な言い草だが……」

と、征士郎も言った。

「だがな、秀士郎。俺は、幸司郎兄さんの気持ちもわかるんだ」

墨《すみ》の零《こぼ》れ跡《あと》や、手でこすった跡などで汚《よご》れたその手紙を、征士郎は大切にしていた。

秀士郎はその背中を見つめ、父の言った言葉の意味を懸命《けんめい》に考えた。

「人の心は、複雑極まりない。本人にもわからないくらいな。これは、兄さんの本心じゃない。兄さんが本当に腹を立てているのは、自分自身になんだよ」

この言葉は、秀士郎の心に長く残った。

征士郎は、父母宛《あて》の仕送りはやめて、隼人に事情を話し、金は隼人宛にこっそり送るようにした。

『征士郎の奴、金を送ってこなくなったな。金を持ったとたん、金が惜しくなったと見える。そんな奴だ、あいつは』

と、幸司郎《こうしろう》は勝ち誇《ほこ》ったように言ったという。

家族は皆《みな》、征士郎《せいしろう》同様、幸司郎のことをわかっていた。だから、誰《だれ》も幸司郎を責めなかった。

一度だけ、隼人《はやと》が無言で幸司郎を殴ったことがあった。その時、幸司郎もすべてを悟《さと》ったようだった。自分の本当の気持ちと、家族がそれを見抜いていたことも。

だが結局、幸司郎は幸司郎のままだった。自分の生き方を変えることができないまま、さらに生活は荒《あ》れ、飲み屋でつまらない喧嘩をし、刺《さ》されて死んだ。三十三歳だった。

どの道、葬式《そうしき》には間に合わない征士郎は、それ以後も、秀士郎《しゅうじろう》が十五歳になるまで、帰国することはなかった。

食事が終わった食堂に、コーヒーの香《かお》りが立ちこめる。暖炉《だんろ》の薪《まき》が、パチパチと心地《ここち》好い音を立てて燃えている。

ひときわ強い風の音がして、庭の木々にわずかに残った葉が散った。夜闇《やみ》の中に、食堂の温かい光に照らされて、木の葉が雪のように舞《ま》い散る。はらり、はらりと。くるくると。

若き征士郎が居た伯林《ベルリン》の石畳《いしだたみ》にも、こうして木の葉は散っただろうか。サクサクと枯《か》れ葉《は》を踏《ふ》みしめながら、彼は何を思っていただろうか。

遠い故国。

むなしく交差して過ぎた思いは、もう帰らない。

胸の奥底に秘《ひ》めたまま、ともに歩んでゆくしかない。

「大変だったろうなぁ……」

龍神《たつみ》が、溜息《ためいき》のように言った。

「ああ、大変だったろうよ」

秀士郎も、溜息のように返す。

龍神には、征士郎の生き方、考え方が、間違《まちが》いなく秀士郎を形作っていることが、よくわかった。どんなに才能に溢《あふ》れ、成功していても、それに溺《おぼ》れることなく、征士郎は地に足をつけて歩き続けた。喜びとともに、悲しみや苦しみも腕《うで》に抱《だ》いて。

「あの頃、日本人が外国へ行くって、それだけでも大変なことだったんだろ？　そんな頃に、そこで暮らしていくって……。家族と離《はな》れて……。想像できねぇな～。俺、今でも無理かも」

信久《のぶひさ》は、苦笑いした。

「当時のドイツは、イギリスやフランスに比べて、日本人差別はあまりなかったようだがな。親日だったからな」

「そうなんだ。良かった！」

信久《のぶひさ》が、我が事のように嬉《うれ》しそうに言った。

「まぁ、出張先のロンドンやパリじゃ、かなり苦労したと言ってたがな。だが、それが当時の、当たり前の国際事情だった。それにいちいち折れてちゃ、貿易商なんぞ勤まらねぇ」

秀士郎《しゅうじろう》は、老酒《ラオチュー》をぐいと呷《あお》った。

「人種差別は、すなわちナショナリズムの裏返しだ。ナショナリズムってやつぁ、確かにいつも危険思想と背中合わせだが、だからといって、自国を誇れねぇような奴《やつ》ぁ、世界じゃ通用しねぇのよ」

秀士郎は、二人の子どもに言い聞かせるように話した。

「太平洋戦争以降、日本はナショナリズムを否定する馬鹿《ばか》どもばかりになっちまった。中にゃあ、『私は日本人ではありません。地球人です』なんぞと、訳のわからん寝言《ねごと》をほざく大たわけもおる。こやつらは、平和主義の国際人を気取っとるつもりらしいが、とんでもねぇ間違いだ。世界じゃな、己《おのれ》はどこの国の何人かってやつが、何より大事なのよ。すべては、そこから始まるんじゃ」

龍神《たつみ》も信久も、大きく頷《うなず》いた。

「地球人ですって、笑える」

龍神が、鼻で笑った。

「戦争中、日本軍がアジアに迷惑《めいわく》をかけたから、だから日本を、自分が日本人であることを否定する？　ハ！　事実を知ろうとせん奴に限ってこう言うのだ」

「それって、逃《に》げてるってことだよな！」

信久が、思わず立ち上がって言った。

「その通りだ、信久。歴史を正しく認識《にんしき》するのが第一だが、歴史がどうであれ、それを堂々と背負《しょ》って、それに対して自分はどういう意見を持っているのかを言える奴が、世界で通用するのだ。それが、世界の舞台《ぶたい》で認められる第一条件なのよ」

信久は、激しく頷いた。

龍神は、秀士郎のこういう考え方も、征士郎《せいしろう》の教育の賜物《たまもの》なのだろうと思った。超《ちょう》一流の国際人であった征士郎の、世界を俯瞰《ふかん》する「大いなる目」を、秀士郎は受け継《つ》いでいるのだ。

「親父《おやじ》は、イギリスやフランスでどれほど差別を受けようが、自分が日本人であることから逃げなかった。親父によく言われたもんじゃ。『逃げたら、事態は余計悪くなる』とな」

「おじいちゃんも、やっぱり差別された？　スイスで？」

「普段《ふだん》の生活はそうでもなかったが、学校は酷《ひど》かったな」

顎《あご》をこすりながら、秀士郎《しゅうじろう》は小さく笑った。

大人たちは、いろいろな思惑《おもわく》もあり、秀士郎には親切に接してくれた。しかし、子どもの世界ではそうはいかなった。

秀士郎が、十三歳まで通ったスイスの学校。地元の子どもはもちろん、戦争中は、近隣《きんりん》諸国から疎開《そかい》している子どもたちも多かった。そこには、大人の事情に縛《しば》られない、人間の生々しい感情が渦巻《うずま》いていた。金持ち、特別待遇《たいぐう》、成績優秀《ゆうしゅう》、国籍《こくせき》、人種、容姿などに対する、嫉妬《しっと》、侮蔑《ぶべつ》、憎悪《ぞうお》。対象は秀士郎だけではなかったが、秀士郎はこういう項目《こうもく》ほぼすべてに当てはまっていた。

猿《さる》だの野蛮《やばん》人だの臭《くさ》いだのの悪口。足をひっかける、物を投げつけるなどの暴力。無視。毎日毎日、秀士郎はそういう行為《こうい》に晒《さら》された。まだ幼い子ども同士のことだったので、深刻ないじめにまではならなかったが、充分残酷《じゅうぶんざんこく》で陰険《いんけん》なことだった。教師の中には、そんな場面を目の当《ま》たりにしても、素知らぬ顔をする者もいた。秀士郎の幼心は傷つき、泣いて帰ったこともあった。


「おじいちゃんが？」

「泣いて帰る？」

龍神《たつみ》と信久《のぶひさ》は、同時に立ち上がるほど驚《おどろ》いた。

「なんじゃ、お前ら。そんなに驚くことかぇ。失礼だの」

「いやいやいやいやいや。ありえねー一って。秀《しゅう》ジィが、いじめられて泣いて帰るなんて、想像もできね——って！」

信久は頭をブンブンと振《ふ》り、龍神は呆《あき》れたように言った。

「そんな可愛《かわい》い時代があったんだ……」

「お前《め》ぇらな～……」

膨《ふく》れっ面《つら》をする秀士郎の向こうで、寝そべったギルバルスが声を噛《か》み殺して笑っていた。


学校でのいじめを泣いて訴《うった》える秀士郎を抱《だ》いて、母琴美《ことみ》が問うた。

「落ち着いて考えてみて、秀《しゅう》ちゃん。悪口を言われて、秀ちゃんはどう思った？」

「？」

秀士郎《しゅうじろう》は、母が何を言っているのか、最初はわからなかった。

「黒い猿とか、臭いとか、そう言われて、足をひっかけられて、秀ちゃんは、本当はどう感じたの？　よぉ〜く、考えてみて」

「……つらかった」

「それだけ？」

「……」

秀士郎は、懸命《けんめい》に考えた。悪口を言い、手を出してくる者たちの顔、態度。

「……なんで？　って」

「うん」

「なんで、こんなことするの？　って」

「そうそう。その調子。もっと考えて」

「……俺が悪いの？」

「そうなの？」

「俺、なんにもしてない！」

「うん、そうだ」

母に大きく頷かれて、秀士郎の心に勇気が湧《わ》いた。

「なんにも悪いことしてないのに、あいつらは、なんであんなことするんだ！」

「大声で、そう言ってやれ！」

「俺……なんか、悔《くや》しくなってきた！」

「いいぞ！　やられっぱなしじゃなくて、今度はやり返してみたら？」

琴美《ことみ》は、秀士郎をけしかけた。征士郎《せいしろう》とともに、世界中を旅した琴美は、伯爵令《はくしゃくれい》嬢《じょう》とは思えぬほど逞《たくま》しかった。

そして、いつも秀士郎をいじめる子どもが言った言葉に、秀士郎は、とうとうキレた。

「もし、日本とスイスが戦争したらどうする？　お前はどっちの味方だ？　今逃げてきてるスイスだろ？」

秀士郎は子どもを殴《なぐ》り飛ばし、絶叫《ぜっきょう》した。

「日本に決まってる！　俺は、日本人だ!!」

「ヒャッホゥ！　さっすが、秀ジィ！　そうこなくっちゃ」

「それが、陣内秀士郎《じんないしゅうじろう》の始まりってわけだね」

子どもたちは、喜んだ。秀士郎が頷く。

『お前は、日本人だ。どこで生まれてどこで育とうとも、お前の魂《たましい》は、日本にある』

それは、外国で生まれ育った秀士郎に、征士郎《せいしろう》と琴美《ことみ》が繰《く》り返し、繰り返し言い聞かせてきた言葉だった。

「わしは、十六から日本の高校に入ることが決まっていたからな。親父もお袋《ふくろ》も、日本の歴史や文化を熱心に教えてくれたもんじゃ。親父は、剣道《けんどう》、弓道《きゅうどう》、柔道《じゅうどう》。お袋は、華道《かどう》や茶道《さどう》。食べ物から、銭湯のことまで。高校に入った時、外国生まれのお前は、日本のことを何も知らぬだろうと言われないためにな」

「すごい……」

「二人とも…えらい人だなぁ」

日本人でありながら、生まれも育ちも外国で、多くの同胞《どうほう》が死んだ戦争中も、外国で無事に過ごしていたからこそ、それを秀士郎の負い目にしてはならないと。日本に居なかったことは事実だが、それ以外の誹《そし》りは受けさせまいと。確かに日本人でありながら、かつ外国に居た強みを身につけさせようと、父母は奮闘《ふんとう》したのだ。

「日本に居なかった弱みを、外国に居たっていう強みに変えたんだね」

龍神《たつみ》の言葉に、秀士郎は大きく頷《うなず》いた。

「そうだ。おかげで、十五で初めて日本に来た時も、不自由はなかったわぃ。高校に入学した時もそうだ。わしの方から話すまで、誰《だれ》一人、わしが十五まで外国に居たと思わなかった」

そう言って笑う秀士郎は、誇《ほこ》らしげだった。

「この子にして、この親あり……。いや、この親にして、この子あり、だな」

「かっこいい。さすが、おじいちゃんのパパとママ。一筋通ってるよね」

信久《のぶひさ》も龍神も、熱い溜息《ためいき》をつく。

「どんな人だったんだ、征士郎って人？　写真とかないのか、秀《しゅう》ジィ？」

「親父のか？　さて。どこかにゃあ、あるんだろうが……。ギルバルス、お前ぇ、ちょっと親父になってみろや」

「!!」

「ギルバルス！」

子ども二人は、色めき立ってギルバルスを見た。ギルバルスは、煙草《たばこ》の煙《けむり》をブハ——ッと吐《は》いた。

「使い魔《ま》に、何くだらねぇことさす気だ、秀士郎？」

寝そべったまま片手を頭に当て、片手で腰《こし》のあたりをボリボリ掻《か》きながら、ギルバルスは言った。

「何度も言うようだが、使い魔ってぇのは、呪《のろ》いの運び屋であってだな。豆腐《とうふ》を買いに行けだ、親父《おやじ》に変身しろだ、まったく魔術と関係ねぇ……」

そこに、子ども二人が飛びついてきた。

「つべこべ言ってんじゃないよ、ギルバルス！」

「変身して見せてくれ！　変身、変身、変身〜〜〜っ!!」

「ギャハハハハ！　やめろ、コラ！　くすぐるんじゃねえ!!」

子ども二人のくすぐり攻撃《こうげき》に負けて、使い魔は渋々《しぶしぶ》変身する。

龍神《たつみ》たちの目の前に、三十歳〜四十歳ぐらいの、立派な紳士《しんし》が現れた。

「わしが覚えとる、一番初めの親父の姿よ」

背は、秀士郎《しゅうじろう》よりやや高め。一七五センチ位。美しいダークグリーン地に、臙脂《えんじ》の上品なストライプが入っているスリーピースをまとい、帽子《ぼうし》は、同じくダークグリーンの、フェドーラハット。靴《くつ》は、黒のモンクストラップ。ダブルモンク（二本のベルト）の留め金は銀製。ストレートチップ型。ダークグレーのトレンチコート。

「カッコいい！」

信久《のぶひさ》が叫《さけ》んだ。

「トレンチコートは、当時の最新のファッションだった」

顔は、やはり秀士郎と似ている。秀士郎をやや優《やさ》しくした感じ。世界を相手にする辣腕《らつわん》の商売人にしては、印象が柔《やわ》らかい。

「ちなみに、こっちがお袋だ」

秀士郎がそう言うと、紳士が淑女《しゅくじょ》に変身した。子ども二人が、「おおお！」と、声を上げる。

優雅《ゆうが》にウェーブした毛先を、ピッタリと頭につけた髪型《かみがた》。白く、細い、身体《からだ》に吸い付くようなレースのドレスは、ジャンパトゥのイブニングドレス。シャネルなどと並んで、当時を代表するブランドだった。

「ミュシャの絵の中の女の人みたいだ」

龍神は、龍神らしい感想を述べた。

「やっぱり秀《しゅう》ジィに似てるな。秀ジィは、二人を足して二で割ったって感じだな」

信久が笑う。秀士郎も笑った。

龍神は、信久の言葉を聞いて感慨《かんがい》深かった。まさに、秀士郎は、征士《せいし》郎《ろう》と琴美《ことみ》によって作られたと思うからだ。二人は秀士郎に、自分たちの持てる知識と教養と財力を与《あた》えたが、それよりも何よりも大きかったのは、「考える力」を与えたことだ。目の前のことではなく、いくつも「向こうのものを見ること」を、教えたことだ。

その教えは、秀士郎《しゅうじろう》を通じて、龍神《たつみ》に伝えられている。秀士郎の、そして自分のルーツは、征士郎《せいしろう》と琴美《ことみ》なのだと感じる龍神だった。

「秀《しゅう》ジィが十五の時に、日本に帰ってきたんだろ。親父さん、やっと実家へ帰ったんだな」

「いやいや。親父たちは、もう海外生活が染《し》みこんでたからな。すぐにヨーロッパへ帰った」

「え？　じゃあ、秀ジィはどうしたんだ？」

「当時の高校は、全寮制《ぜんりょうせい》よ」

「そうなんだ」

「わしは、そこで独り立ちってわけだ」

「寂《さび》しくなかったのか？」

「寂しい？　お前ぇと一緒《いっしょ》にすンなよ、信久《のぶひさ》」

「陣内《じんない》秀士郎物語が、本格的に始まったんだね」

両親から、抱《かか》えきれない贈《おく》り物《もの》を両腕一杯《りょううでいっぱい》に貰《もら》い、秀士郎少年は船を漕《こ》ぎ出した。

今度は自分だけの世界を目指して、たった独りの海原《うなばら》を行く。

「子どもを独りで外国で住まわせるなんて……俺の母さんじゃ、絶対無理だな」

信久が笑った。

「伯爵令嬢《はくしゃくれいじょう》にしては、剛胆《ごうたん》な人だよね、ひいおばあちゃんって……。あれ？　ひいおじいちゃんて、乾物屋《かんぶつや》の末っ子だったよね。……なんで、伯爵令嬢と結婚《けっこん》できたの？　これって、身分違《ちが》いだよね」

「み、身分違いの結婚って！　そんなのあるのか!?」

「あの頃《ころ》はあったんだよ。だって、二人が結婚したのって、明治か大正でしょ。日本で華族《かぞく》制が廃止《はいし》されたのって、確か……太平洋戦争の後だもん」

秀士郎は、喉《のど》の奥で笑った。

「これがまた……ドラマのような話でな」

「何、何？」

「聞きたい！」

子ども二人は、身を乗り出してきた。

秀士郎は、コーヒーを飲み干してから、話をした。龍神がおかわりをいそいそと注ぐ。

「お袋《ふくろ》は、元は大名という伯爵家の令嬢だったが、跳《は》ねっ返りのじゃじゃ馬でな。当時、来日していたイギリス人に恋《こい》して、そいつを追いかけていったのよ。独りで、イギリスへな。大蔵省の高級官僚《かんりょう》と結婚が決まっていたのに、だ」

「うわ……へぇ～」

信久《のぶひさ》は、そう聞くだけで胸がときめいた。

「それって、大騒《おおさわ》ぎになったんじゃ……」

「大スキャンダルだ。伯爵家は、お袋を勘当《かんどう》せざるをえなかった」

「あ、あら～……」

「そのお袋が、イギリスへ渡《わた》る船の中に、親父が乗っていた」

「えぇー！」

「運命の出会い……！」

運命の恋がしてみたい

当時、海外へ行く日本人はまだ稀《まれ》で、しかも女独りというのは、かなり奇異《きい》なことだった。ヨーロッパへ行く船に乗り合わせた征士郎《せいしろう》と琴美《ことみ》はすぐに知り合い、歳《とし》も近いこともあって気軽に話す仲になった。

進歩的な琴美は、華族という身分に縛《しば》られた暮らしが嫌《いや》でたまらず、家同士が決めた結婚からなんとか逃《に》げられないものかと思案していた。そこに颯爽《さっそう》と現れたのが、件《くだん》のイギリス紳士だった。彼は、日本人の琴美を見下すことなく、淑女として扱《あつか》ってくれた。琴美は、たちまち恋に落ちてしまったのだ。仕事の都合で帰国する彼に、追いかけて行っていいかと尋《たず》ねると、彼は、待っていると答えてくれた。

「私、何も恐《こわ》くない。私の前には、世界が扉《とびら》を開いているのよ。私は、世界へ飛び出してゆくの」

笑顔《えがお》を輝《かがや》かせながら、琴美《ことみ》は言った。その若者らしい真《ま》っ直《す》ぐさは、眩《まぶ》しかった。

征士郎《せいしろう》は、琴美の勇気と、進んだ意識に感心した。二人は、お互《たが》いの連絡先《れんらく》を交換《こうかん》し、ドイツの港で別れた。

それからの数年、征士郎は学業と商売の修業で寝《ね》る間もなく、琴美のことをふと思い出すことはあっても、連絡を取ることはなかった。琴美から連絡がくることもなかった。

三年後――。征士郎は、仕事でイギリスにいた。

雨が降っていた。

仕事を終え、ホテルに帰ろうと歩いていた征士郎が何気なく顔を上げると、そこに、同じく何気なくこちらを見た人物がいた。一目で、日本人だとわかった。

「……！」

見つめ合う二人。

「こ……琴美……さん？」

やせ細り、みすぼらしい態《なり》をし、変わり果ててはいるが、征士郎にはわかった。あの、琴美だった。

自分の名を「琴美」と日本語で呼ばれ、琴美はその場にへたり込んだ。駆《か》け寄ってきた征士郎に抱《だ》きつくと、琴美は大声で泣いた。

篠《しの》つく雨に濡《ぬ》れることもかまわず、征士郎は琴美を抱き締《し》めた。

この日、この瞬間《しゅんかん》。

出会うべくして出会った奇跡《きせき》を感じる。神が与えたもうた奇跡を感じる。

琴美もそう感じていた。自分を護《まも》る何者かが、導いてくれたのだと。

夏の終わりの雨はもう冷たかったが、抱き締め合ったお互いの腕《うで》から身体中へ、温かさが広がってゆくのが感じられた。


「三年前、約束の場に男は来なかった。お袋は、騙《だま》されとったのよ」

「そんな……」

信久《のぶひさ》が泣きそうな声を出した。

「だが、だからというて、今さら日本へは帰れん。イギリスに残ったのは、お袋の意地だった」

「そんな意地、張らなくったって！」

「生きるために、なんだってやったわ。売春と殺人以外はね」

琴美《ことみ》は、そう征士郎《せいしろう》に語った。

持ってきた金はすぐに底をつき、厳しい差別と貧困に耐《た》えながら、琴美は歯を食いしばって働いた。しかし、時には食べ物や小銭を盗《ぬす》んだという。そんな夜は、激しい自己嫌悪《けんお》に苛《さいな》まれた。

納屋《なや》の片隅《かたすみ》。藁《わら》の中で身体《からだ》を丸めて、真っ暗な夜を過ごす。自分の無知で浅はかな行為《こうい》を恥《は》じ、心配しているであろう両親に死ぬほど詫《わ》び、骨が震《ふる》えるほどの不安に戦《おのの》いた。それでも、琴美は日本に帰ろうと思わなかった。

「責任をとらなきゃと思ったの。自分がしたことの責任をね。泣いて日本に逃げ帰ったら、なんにもならないと思ったの。私はここで頑張《がんば》って、せめて日本への旅費を貯《た》めたい……」

若さゆえの愚行《ぐこう》に強烈《きょうれつ》なしっぺ返しを受け、身も心も打ちのめされ、どん底まで堕《お》ちたけれど、琴美の真っ直ぐさは、三年前の船の上で見た時と少しも変わらず、そこに、琴美の心の中に煌《きら》めいていた。

そんな琴美に、征士郎はこう申し出ずにはいられなかった。

「じゃあ、琴美さん。俺の所で働きませんか？」

「すっげ——っ！　かっけぇえ〜〜!!」

信久《のぶひさ》が身をよじる。

「二年後、親父《おやじ》の会社で働いて、帰国できるぐらいの金を貯めたお袋は、親父のプロポーズを受けたってわけだ」

「ひいおじいちゃんたちは、間違《まちが》いなく運命的に結ばれてたんだね。ドラマチックだなぁ〜。目標のお金を貯めて、初めてひいおじいちゃんのプロポーズを受けたっていうのが、かっこいいよねー」

信久も龍神《たつみ》も、壮大《そうだい》なドラマに興奮した。


征士郎と琴美は、それから世界中を巡《めぐ》り、やがて秀士郎《しゅうじろう》を授《さず》かった。秀士郎が高校へ入学後、やっと年一回程度帰国するようになり、それぞれの家族と幸せに過ごした。

そして、一九六〇年。アメリカ。

征士郎と琴美の乗った小型飛行機が、カリブ海沖《おき》で墜落《ついらく》。二人は行方《ゆくえ》不明のまま、ついに帰らぬ人となった。高校時代、美術に目覚め、アートの世界で生きることに決めた秀士郎に莫大《ばくだい》な遺産を残し、二人は腕を組んで、人生の舞台《ぶたい》から下りたのだった。

「なんか…最後までカッコいいよな。ホント…ドラマみてぇ」

信久《のぶひさ》が、大きく溜息《ためいき》をつく。それを見て、秀士郎《しゅうじろう》は微笑《ほほえ》みながらコーヒーをすすった。

龍神《たつみ》は、征士郎《せいしろう》と琴美《ことみ》の話を聞けて嬉《うれ》しかった。秀士郎を、秀士郎に育ててくれてありがとうと言いたい気持ちになった。そうでなければ、今の自分はないのだから。

(ひいおじいちゃんとひいおばあちゃんみたいに、世界を股《また》にかけた生き方はできないだろうけど、世界を俯瞰《ふかん》で見ることは、僕にもできる)

物事を多元的に見る、考える力。それは、征士郎たちから秀士郎へ、そして龍神へと贈《おく》られた贈り物のように、龍神は感じた。

「おい、ギルバルス。お前《め》ぇ、嫌がっとった割りにゃあ、いつまでその格好でいるんだぇ?」

琴美の姿のまま、ギルバルスは、煙草《たばこ》を差した細長いパイプを吹《ふ》かしていた。

「このパイプ、なかなかいいな」

ギルバルスは、細い白い指で、黒光りする細いパイプをくるりと回してみる。そして、秀士郎の横に立ち、秀士郎の肩《かた》に手を回して言った。

「なかなかいい趣味《しゅみ》してるじゃねぇか、お前ぇの母親はヨ」

秀士郎は、ふふんと鼻を鳴らした。

「当たり前じゃ。当時の最先端《さいせんたん》の女だったんだからの」

その時、食堂の入り口で、バサッと大きな音がした。龍神たちが振《ふ》り向くと、足元に大きな紙袋《かみぶくろ》をいくつも落としたエスペロスが立っていた。エスペロスは、その青い目を吊《つ》り上げて言った。

「その女は、誰《だれ》!!　秀士郎!!」

一瞬、全員がキョトンとし、それから皆《みな》、盛大に笑った。


翌日。放課後の廊下《ろうか》を歩きながら、龍神と信久は、雅弥《まさみ》に征士郎と琴美の話を語って聞かせた。主に、信久が。

「もー、俺、すっかりひいじいちゃんとひいばあちゃんのファンになっちまった」

と、信久は顔を赤くして言う。

「あの時代ならではの、ドラマチックな人生だな」

雅弥も感心しているようだ。

「イギリスで偶然《ぐうぜん》に再会するっていうのがすごいですよね。赤い糸で結ばれていたとしか思えない」

「ああ、俺も！　運命の恋《こい》ってやつがしてみてぇ！」

信久《のぶひさ》が真顔でそう言ったので、龍神《たつみ》と雅弥《まさみ》は思わず噴《ふ》き出した。

「な、なんだよー。俺が運命の恋をしちゃ、悪いかよ」

「いやいや」

口をとがらかす信久に、龍神と雅弥は同時に首を振った。

「そう思うのは自由だもんね。現実的じゃないけど」

サラリと斬《き》る龍神。信久が、グッとつまる。

「お、お前なあ、そういう決めつけはよくないぞ」

「別に決めつけてはないけどさあ。運命の恋なんて……中坊《ちゅうぼう》？　みたいな？」

「お前は、ジジくさすぎる！」

龍神と信久のやりとりを、雅弥は笑いながら聞いていた。

「確かに、運命の恋なんて、誰もが夢見るだろうけど、実際にはあまりないよな。当事者たちがそう思っていることはあっても、横から見るとまったくそうじゃないぞってことばかりだろう。当事者がそう感じているんだから、それは運命の恋でいいじゃないかと言う奴《やつ》はいるけど、やっぱり違うよな」

雅弥の意見に、龍神が大きく頷《うなず》く。

「ストーカーとか、その最たる例ですよね」

「い、一緒《いっしょ》にすんなよ！」

「本人は、思ってるよ〜。これは、運命の恋だって」

「俺も、勝手に運命の恋の相手にされたことがある」

雅弥は、小さく肩を竦《すく》めた。

「うわ〜、一色《いっしき》さんならありそう。そういうの！」

雅弥が中学二年の頃《ころ》、三十代半ばの見知らぬ女から、一時つきまとわれたことがあった。女は、自分と雅弥は前世からの恋人であったと言った。

『私たちは、前世でアトランティスの王と女王だったのです。私たちは、アトランティスの神が決めた運命の恋人だったのですよ。だから、生まれ変わっても、私たちは結ばれる運命なのです。これは、神が決めたことなのです』

雅弥が子どもだったこともあり、警察は素早《すばや》く対処した。女の家族に連絡《れんらく》がいき、女はそれきり姿を見せなくなった。

「うわ〜〜〜！　怖《こわ》〜〜〜あああ!!」

龍神も信久も、震え上がった。

「俺に言い寄ってくる連中の一割ぐらいが、大なり小なりそういう連中だ」

「怖〜〜〜あああ!!」

「『隣《となり》のサイコさん』……」

「自分が、どれだけ恋多き女かを自慢《じまん》する奴もいたな。だから、私と恋をしてみない？　って言ってたけど、よくよく聞くと、そいつの言う恋の相手は、寝《ね》た相手だったんだ」

雅弥《まさみ》は、やや蔑《さげす》んだように軽く鼻を鳴らした。

「恋って、なんだと思う？　龍神《たつみ》、信久《のぶひさ》？」

雅弥にそう問われ、龍神と信久は、身がすくんだ。雅弥が言うだけに、なんとも迫《はく》力《りょく》のあるセリフだった。

「ちょっと気が合って、寝ることか？　ちょっと付き合って楽しくて、寝たら気持ちが良かったから、それを恋だとカウントするのか？　そう思っている奴らは大勢いるだろうな。世間の連中は、恋をしろ恋をしろと言うけど、経験は多いが全部寝ただけや、一方的な感情を相手に押しつけただけは、恋じゃない。恋は、そんな単純なものじゃないはずだ。もっと複雑で、お互《たが》いを高め合うものだろ。そんな経験は、誰でもできるものじゃない」

珍《めずら》しく口数の多い雅弥を、龍神も信久も不思議そうに見た。

「語りますね、一色《いっしき》さん」

龍神にそう言われた雅弥は、美しい片眉《まゆ》をひょいと上げた。

「こう見えて、夢見る少年なんだ」

（いや、夢見る少年には充分《じゅうぶん》見えますが。外見は）

龍神は、雅弥は、もっと冷めた人間かと思っていたが、意外とそうでもないらしい。

「確かに、恋に恋してるってことは多いでしょうねぇ。ただヤりたいって気持ちを、恋だと勘違《かんちが》いしてる奴も多いでしょうし。特に男は」

「身も蓋《ふた》もない言い方すんなよ、龍神～」

「事実だろ～。ただヤりたいだけで女を口説いて、女もその気になって、お互い恋愛《れんあい》してるつもりでも、実はただヤりたいだけでした、みたいな。でも、十代って、そんなもんだよね」

そう言って肩を竦める龍神を、信久は苦々しく見る。

（ジジィめ～）

「だから、僕も恋愛には夢を見てるんです、実は。ドラマチックじゃなくてもいいから、いい恋愛をしたいな～って。そう言えば、おじいちゃんは、どうやっておばあちゃんと恋をしたんだろうな。今度聞かなくちゃ」

「相手に伝えられない恋もあるだろうけどな。それでも、それも自分を高めるものじゃなきゃ、恋だとは思えない。俺としては、破滅《はめつ》的な恋ってのも認めない」

雅弥《まさみ》は、きっぱりと首を振った。

「心中とか」

「自分や相手を壊《こわ》すような感情は、恋じゃなくて、ただの激情というか、怨念《おんねん》に近いような気がする」

「俺もそう思う！」

信久《のぶひさ》が言った。

「恋ってさ、ハッピーエンドって感じがするんだ。結局は別れることになっても、いい別れというか……」

「あなたに会えて良かった……だね」

「そうそう！　そう思えて、初めて恋って感じ」

少年たちは、笑い合った。

自分自身の体験を話せたわけではなかったが、思いがけず恋への憧《あこが》れについて語れて、なんだか嬉《うれ》しいような照れくさいような気分に胸が温まる。

まだまだ寒さはこれからで、ゆるゆると暮れてゆく空は鮮《あざ》やかな紅色に染まり、明日もいかにも寒そうだったが、確実に日は長くなっていて、冬が終わるのだと感じた。

その週末。日曜日の午後。龍神《たつみ》は、いつも行く海岸通り町へ買い物に出かけた。すでに春色に染まっているショウウィンドウをつらつら見ていた時、

「龍兄《たつにい》！」

と、声をかけられた。

「晶子《あきこ》!?」

大きく手を振《ふ》りながら、晶子が近づいてきた。いつものように、溌剌《はつらつ》とした、元気な晶子だった。龍神は、ホッとした。

「龍兄《たつにい》も買い物？」

「お前も？」

「うん。友だちと、雑貨屋さんを回ろうと思って」

そう言う晶子の背後で、少女が小さく頭を下げた。晶子は、その子に向かって言った。

「あっちゃん、あたしのお兄さんだよ。いつも話してる」

「塔《とう》に……一人暮らししてる」

少女は、微笑《ほほえ》みながら言った。控《ひか》えめな声だった。

「そうそう。絵を描《か》いててね。その絵が、展覧会で入賞したんだよ」

晶子《あきこ》は、少女と頷き合ってから、龍神《たつみ》に言った。

「岸田《きしだ》温代《あつよ》さん。最近友だちになったの」

「えっ……!?」

龍神は、思わず声を上げてしまった。

「何びっくりしてんの？」

晶子が首を傾《かし》げる。

「いや！　晶子の友だちには、初めて会うなあと」

「そうだっけ？」

その少女は、エスペロスから話を聞いていた岸田温代だった。雰囲気《ふんいき》といい、間違いなかった。

(友だちになった？)

龍神は、混乱した。岸田温代と相田《あいだ》麗子《れいこ》とのことは、晶子は静観していたはずだ。

温代と麗子との問題はどうなったのだろうか？　そして、なぜ晶子と温代は友だちになったのか？

「じゃね、龍兄《たつにい》」

と、行きかける晶子を、龍神は慌《あわ》てて引き留めた。

「晶子！　……あの……お茶でもしないか？　おごるよ」

「え？」

「岸田さんも、ぜひ一緒《いっしょ》に」

晶子と温代は、顔を見合わせた。

「エスペロスお薦《すす》めの、パイの美味《おい》しい店があるんだ」

「ホント!?　あっちゃん、おごってくれるって。ごちそうになっちゃお」

晶子に言われ、温代は、少し戸惑《とまど》いながらも頷《うなず》いた。

パイの美味《うま》い店は、日曜の午後とあって少し混《こ》み合っていたが、龍神たちは、うまく窓際《まどぎわ》の席に通された。窓から射《さ》し込む明るい陽射《ひざ》しが、白いテーブルクロスの上で銀色に光っている。

龍神は、アップルパイ、晶子は、チョコバナナパイ、温代は、ラズベリーパイを注文。パイは大きくて厚く、食べ応《ごた》えがあった。なるほど、いかにもエスペロスが好きそうな店だ。しかし、香《こう》ばしい生地《きじ》はサクサクとしていて、見た目よりあっさりと食べられた。紅茶がポットサービスなのも嬉しい。

晶子《あきこ》と温代《あつよ》は、どこにでもいる友だち同士に見えた。雑貨のことなどを喋《しゃべ》り合う様子は、可愛《かわい》らしく微笑ましい。よく喋る晶子に、温代がうんうんと相づちを打つ。温代は、聞き上手なようだった。

晶子が龍神《たつみ》に話を振り、龍神が喋ると、温代は少し恥《は》ずかしそうに龍神を見たり見なかったりした。友だちの兄といるということに照れているようだ。こういう反応も、とても普通《ふつう》だと、龍神は感じた。肩《かた》までのストレートヘア。取り立てて言うところのない、平凡《へいぼん》な上着とスカート。しかし、清潔感が伝わってくる。清楚《せいそ》……というほどではないにしても、上品なことは確かだ。晶子の友だちにしては、地味だが。

龍神は、いじめの話に触《ふ》れないよう気をつけながら話をした。

「岸田《きしだ》さんとは、最近友だちになったって言ったね」

「ああ、うん。よく喋るようになったのは、三学期に入ってからなの」

晶子と温代は、顔を見合わせて肩を竦《すく》めた。

「あっちゃんね、転校していっちゃうんだ。三学期が終わるのと同時に」

晶子が、残念そうに言った。

「え？　そうなの？」

龍神は驚《おどろ》き、温代を見た。温代は、小さく頷いた。微笑んだ表情が、少し寂《さび》しそうだった。


きっかけは、三学期が始まってすぐの社会科の授業。班ごとのグループ学習の時だった。男女三人ずつで一班なのだが、同じ班に、晶子と温代と、早瀬宏美《はやせひろみ》が一緒になった。この早瀬宏美は、相田麗子《あいだれいこ》と仲が良く、グループのリーダー格である麗子の影響《えいきょう》で、温代を無視していた子だった。さらに悪いことに、宏美は、麗子よりもきつい性格をしていた。

グループ学習をしなければならないのに、宏美は、温代をまるでそこに居ないかのごとく振る舞《ま》った。徹底《てってい》無視だ。資料を温代に見せないようにする、他《ほか》の四人には声をかけるのに、温代にはかけない。しかも、ことさら温代の目の前で、こういう差別行為《こうい》をした。これには、男子生徒も戸惑うほどだった。温代は、黙《だま》って耐《た》えていた。だから、最初は口を出さなかった晶子も、ある日とうとうキレてしまった。

『いい加減にしなさいよ、早瀬！　何これ？　いじめ？　いじめなの？　あんた、岸田さんをいじめてんの？　だったら、あんたってサイテー！』

図書館で、椅子《いす》を蹴《け》立《た》てて立ち上がり、晶子《あきこ》は大声で吠《ほ》えた。

（うわわぁぁあああ!!）

龍神《たつみ》は、心の中で頭を抱《かか》えた。

（最悪な形で手を出しちゃったよ！）

いじめられっ子を助けようとした子が、次の標的になることは必至だ。いじめる側は、正義感を最も嫌《きら》う。

龍神は、「なんてことをしたんだよ」と、晶子を叱《しか》りたい気持ちだった。実際、そのセリフが、口まで出かかった。

だが、それはできない。言葉を必死で呑《の》み込む。

晶子のしたことは、正しかったから。晶子の気持ちは、正しかったから。

他にいくらでもやりようがあっただろうが、真《ま》っ直《す》ぐに叫《さけ》ばずにはいられなかった晶子の気持ちを無下にできない。

温代《あつよ》は、少し困ったような、でも嬉《うれ》しそうな表情で、じっと黙っていた。晶子を見つめる瞳《ひとみ》が、潤《うる》んだようにキラキラと光っている。頬《ほお》がほんのりと薔薇《ばら》色で、それは、温代が静かで大人しい少女であるからこそ、なんだかとても美しく見えた。地味な温代の内側から、何か美しいものがオーラのように溢《あふ》れている。

「で、それがきっかけで、あっちゃんと喋るようになったんだ。でもその次の日に、先生から、あっちゃんは、三学期で転校してしまいますって発表があってさ。本当は、発表しないはずだったんだって。でも、お別れ会をしましょうって」

晶子が寂しそうに言うと、温代は小さく肩を竦めた。

龍神は、ピンときた。

（ひょっとして……、転校のことを発表してくれって、この子が担任に頼《たの》んだのかも!?）

温代が転校してしまうと発表することで、麗子《れいこ》たちが、次に晶子をいじめる気持ちを削《そ》ごうという意図があったように、龍神には思えた。そして、担任が、急に転校のことを発表したという裏には、麗子たちが温代をいじめていたと担任に報告が入ったからと、麗子たちに思わせる意図もあったかもしれない。

（そこまで考えて、そう行動したとしたら……この子は、とても頭の良い子なのかも地味な印象とは裏腹な聡明《そうめい》さ。見かけよりも、ずっと大人なのかもしれない。

「その後……いじめとかはどうなの？」

龍神が訊《たず》ねると、晶子と温代は、顔を見合わせて苦笑いした。

「相変わらず。早瀬《はやせ》とかは、あたしとも口をきかなくなったけど、それはまぁ、前からだから。もともと友だちじゃないし。気になんない」

明るく笑う晶子《あきこ》に、釣《つ》られて温代《あつよ》も笑う。

無理をしている感じではない。龍神《たつみ》は、ホッとした。

「転校前に、仲の良い友だちができて嬉しいです」

温代は、遠慮《えんりよ》がちに龍神に言った。

ずっと、無視といういじめに耐えてきた暗さはない。温代は、麗子《れいこ》たちの態度を冷静に受け止めていたのだろう。孤独《こどく》に向いている性格というのはある。龍神もそうだった。

秀士郎《しゆうじろう》がいつか言った。

『孤独を嫌ってやるなよ。孤独とは、気高く優《やさ》しい友人だ』

この言葉は、龍神の心を強くした。

独りの時、それは、自分と向き合う時間なのだ。自分を磨《みが》き、自分を鍛《きた》える時間なのだ。自分の中のさまざまなものと戦う時間なのだ。

(この子は、そうしてきた……)

温代を見て、龍神はそういう印象を受けた。

　こうなると、温代がもうすぐいなくなってしまうのが惜《お》しい龍神だった。晶子は、優《すぐ》れた友人を得たことになる。

「二人は、離《はな》ればなれになっても友だちだよね」

　と、龍神は念を押した。晶子が大きく頷《うなず》く。

「もちろん！　あたしたち、まだ携帯《けいたい》持ってないから、文通だよ。文通！」

　二人は笑った。

「あっちゃんは、名古屋へ行っちゃうけど、新幹線だとすぐだよね。すぐに会いに行けるように、今からお小遣《こづか》いためるんだ」

　晶子がそう言った時、温代の表情が、少しだけ曇《くも》った。龍神はそれに気づいたが、すぐに忘れてしまった。

「アッコちゃんらしいなぁ」

　信久《のぶひさ》が笑った。

　月曜日の条西《じょうさい》高の昼休み。自販機《じはんき》の横で食後のコーヒーを立ち飲みしながら、龍神は信久と雅弥《まさみ》に晶子のことを話していた。エスペロスは、真実《まみ》と敬子《けいこ》とともに、テーブルでデザートのアイスなどを食べている。

「でも、僕は冷《ひ》や汗《あせ》かいたよ。いじめられっ子をかばった奴《やつ》が次にいじめられるって、定番じゃないか」

「まぁ、そうだよなー」

「三学期で良かった。クラス替《が》えが目の前だから、いじめっ子のグループも分かれるだろうからね」

「勇気あるよ、アッコちゃんは。なかなかできないもんだぜ、いじめを告発なんてさ」

龍神《たつみ》は、首を大きく振《ふ》った。

「ああいう正義感は、諸刃《もろは》の剣《けん》だよ。助けたことを後悔《こうかい》するって、最低の気分だろう!? そんな思いはさせたくないよ」

眉間《みけん》に皺《しわ》を寄せて言う龍神を見て、雅弥《まさみ》が小さく笑った。

「ずいぶん兄バカだなぁ、龍神。いつものお前らしくない」

「えっ、そうですか?」

龍神は、後頭を掻《か》いた。

「さすがの若年寄りも、可愛《かわい》い妹のこととなると冷静ではいられない、か」

「う〜ん、そんなつもりはないんですけど……やっぱりそうなのかな、う〜ん……」

どうやら龍神には、自覚がないようだ。雅弥と信久《のぶひさ》は笑った。

龍神の心配をよそに、晶子《あきこ》は麗子《れいこ》たちに、無視以上のいじめを受けることはなかった。晶子は、温代《あつよ》との、もう間もなく終わってしまう「一緒《いっしょ》の時間」を、大切に過ごすようにしていた。

早春の日々が、煌《きら》めきながら過ぎてゆく。

冷たいけれど、明るい光に溢れた、暖かい春がすぐそこに来ている季節。

短い学年末が、瞬《また》く間に過ぎてゆく。

そして、春は始まりであり、別れの時である。

えっ、そういう展開ですか

三学期の終業式を間近にひかえた条北中学校《じょうほく》。晶子《あきこ》のクラスで、温代《あつよ》のお別れ会が開かれた。

それは、温代が短い挨拶《あいさつ》をし、サイン帳に、皆《みな》がメッセージを書くという簡素なものだったが、普段《ふだん》から大人しく、クラスメイトとはほとんどなんの交流もなかった温代にも拘《かか》わらず、サイン帳には、温かい言葉がたくさん書き込まれた。男子生徒たちが、意外なほど真面目《まじめ》に別れの言葉を贈《おく》っていて、温代は喜んだ。

だがそこに、麗子《れいこ》たちグループからの言葉はなかった。それはもう、あからさまなほどに。

「いいじゃん。あんな奴ら、思い出にすることないし。もうここで忘れちゃえ」

と、晶子は温代に言った。温代は、小さく頷いた。

その時、廊下《ろうか》を歩いていた晶子たちの目の前に、角を曲がってきた麗子が現れた。

バッタリ、という形で相対した晶子と麗子。お互《たが》い、ちょっと驚《おどろ》く。その反動か、晶子は麗子に思わず言ってしまった。

「ホント、あんたってサイテー。小学生みたいな意地悪してさ」

麗子は、ギュッと顔を顰《しか》めた。

「アッコちゃん」

と、晶子の袖《そで》を引く温代を、麗子は睨《にら》み付ける。そして、そんな自分を睨んでくる晶子を見返して、麗子はフンと、大きく鼻を鳴らした。

「あんたこそ、何にも知らないくせにさ。バカみてー」

「知らないって、何をよ」

「そいつのことよ」

麗子は、温代の方に顎《あご》をしゃくった。

「あっちゃんが何なの。何があったって、あんたたちがいじめたってのは変わんないんだからね」

温代が、さらに晶子の袖を引いたが、晶子は応じなかった。麗子と話をつけなければ、気がおさまらなかった。

「言っとくけど、あたしは被害者《ひがいしゃ》だから」

と、麗子《れいこ》は大袈裟《おおげさ》に肩《かた》を竦《すく》める。

「被害者？　よく言う……」

「アッコちゃん、もう行こう。ね！」

少し声を大きくした温代《あつよ》を指さし、麗子は言った。

「あたしは、こいつに付きまとわれましたー」

「？」

晶子《あきこ》は、麗子と温代を交互《こうご》に見た。

温代は、その瞬間《しゅんかん》、固まってしまった。

「何にも知らないあんたは、バカみたい、陣内《じんない》。こんな奴と仲良くしちゃって。こいつはねぇ、ヘンタイなんだよ」

麗子は、口許《くちもと》を歪《ゆが》めながら言った。

「何それ……？」

「だから、ヘンタイだよ。ヘンシツシャ。こいつ、あたしに『好きです』って告白したんだよ。小六の終わり頃《ごろ》にさぁ」

温代は、真っ青になって震《ふる》えた。

「こいつは、女が好きなの。自分も女のくせに」

晶子は、それが何のことなのか、いまいち理解できなかった。そんな晶子を見て、麗子は苦笑いした。

「あたしもはじめは、何のことかわかんなかったわ。好きですって言われて、友だちになってってっていう意味かと思ったもん。でも、違《ちが》うんだな～。こいつは、あたしと恋《こい》人《びと》になりたかったんだよ。恋人って！　ちょ、小六で、女同士で！　かんべんしてって感じ!!」

麗子の大声に、廊下を歩いていた他《ほか》の生徒たちが、晶子たちを見てゆく。晶子はぽかんとし、温代は下を向いて、ひたすら震えていた。

「そん時はわけわかんなくて、ごめんって言ったけど、同じ中学へ入って同じクラスになっちゃったもんだから、もー、気持ち悪くて！　また迫《せま》られたらどうしようって思ってた」

麗子は、晶子にズイッと顔を寄せた。

「あたしが、こいつを無視してた理由がわかったかな～？　こいつ、今はあんたがお気に入りなの？　もう告白された？　あ、それとも、もう二人は付き合っちゃってるのかな〜？　どうぞ、お幸せに！」

吐《は》き捨てるように言いながら、麗子《れいこ》は歩いて行った。

晶子《あきこ》も温代《あつよ》も、言葉はなく、しばらくそこに立ち尽《つ》くしていた。

晶子がふと気づくと、温代の足下に、涙《なみだ》がぽつぽつと落ちていた。顔を深く伏《ふ》せたまま、温代は静かに泣いていた。廊下を行く生徒たちが、怪訝《けげん》な顔をして通り過ぎる。

晶子は、温代の手を引いて歩き出した。校舎を出て、グラウンドの片隅《かたすみ》へ温代を連れて行く。

そして、晶子は温代に問うた。

「相田《あいだ》の言ったことは本当なの、あっちゃん？」

「……」

温代は、俯《うつむ》いたまま黙《だま》っていた。しばらくして、黙ったまま頷《うなず》いた。

「それは、相田が言ったみたいに、友だちになってっていう意味じゃなくて、恋人になってって意味だったの？」

温代は、また無言で頷いた。

晶子も言葉を呑《の》み、二人は黙ったまま向き合っていた。

やがて、晶子は意を決したように言った。

「あっちゃんは、あたしのことも好きなの？　恋人になりたいって、思ってるの？」

「……ってゆーことがあったって、アッコがね」

日曜日。魔法《まほう》の塔《とう》の午後のティータイムに、エスペロスにいきなりそう告げられて、龍神《たつみ》、信久《のぶひさ》、雅弥《まさみ》、そして秀士郎《しゅうじろう》は、お茶を飲む手が急停止した。

「え？」

と、目を剝《む》いたのは、龍神。

「え？　ちょ……、ええ〜〜？　え？　どういう意味？」

珍《めずら》しくうろたえる龍神の横で、秀士郎は「ほほぅ」と、面白《おもしろ》そうに笑い、雅弥は「ふぅ〜ん」と、いつもとほぼ変わらず、信久は、「へぇ〜！」と、目を輝《かがや》かせ……

「ノブ！」

龍神は、信久に摑《つか》みかかった。

「百合萌《ゆりも》え〜〜〜！　とか言うなよ！　言ったらぶっ飛ばすよ！」

「そ……そんなこと、思ってません!!」

胸《むな》ぐらを龍神に摑まれ、信久はイヤイヤと顔を振《ふ》りながら言った。

「どうしたんだよ、龍神《たつみ》。落ち着け！」

龍神は、ハッとして信久《のぶひさ》を放した。

「あ……ごめん。つい……」

秀士郎《しゅうじろう》が、高笑いした。

「これはこれは！　らしくないのう、龍神よ。お前《め》ぇ、ひょっとして、同性愛に偏見《へんけん》があるのかぇ？」

龍神は、喉《のど》がグゥと鳴った。

「そんなつもりじゃなかったけど……。あれ？　僕って、そうなのかな？」

龍神は、自分でも驚くほど焦《あせ》っていた。胸の奥がサワサワして、落ち着かない。頭の奥の方では、黄色いライトがピカピカと点滅《てんめつ》し、警備員が「ＳＴＯＰ」の標識を大きく振っていた。

「アッコが、あっちゃんと付き合い始めたってわけじゃないんだよ、龍神？　この話は一昨日《おととい》のことなんだから」

エスペロスは、大きな瞳《ひとみ》をクリッとさせた。

「一昨日!?　なんでその日に言ってくれなかったんだよ、エスペロス！　話してくれたら、晶子《あきこ》に会って何か言ってやれたのに」

必死に訴《うった》える龍神に、エスペロスがピシャリと返した。

「アッコは、龍神じゃなく、ボクに話しに来たの！　こういう話、男に相談したくないだろぉ。相談したとして、龍神がアッコに何を言えた？　頭からやめとけって言っただろ」

龍神は、ぐぐっと喉が詰《つ》まった。

「そう……!?　いや、そうだよね。それはわかってるけど……」

「アッコは、そんな言葉が聞きたいわけじゃない。相談するっていうのはね、だいたいが、ただ話を聞いてもらいたいだけなんだ。そして、そうだねって言ってもらいたいだけ。反対だ、やめとけなんて言われたら、かえって頑《かたく》なになっちゃうんだからね」

エスペロスの言うことは、まったくもってその通りで、龍神はぐうの音も出なかった。気持ちだけが、ますます空回りする。

「もぅ……、その通りすぎて何も言えないけど……。なんてゆーか……なんてゆーか！　なんか、いろいろ想像しちゃって……。ダメだダメだって気持ちになっちゃって……」

龍神は頭を抱《かか》える。そんな龍神を初めて見る雅弥《まさみ》は、珍しそうに目をパチクリさせていた。秀士郎とギルバルスは、歯を出して笑っている。信久は腕《うで》を組んで、何やら考えていた。

龍神《たつみ》は、眉間《みけん》に深い皺《しわ》を寄せつつ唸《うな》った。

「同性愛は認めてたつもりなんだけど……。もし、万が一、僕やノブが、同性に告白されるとか、恋愛《れんあい》関係になっても、冷静でいられる自信があったのに……」

龍神は、大きく頭を振った。

「ダメだ！ 晶子《あきこ》のことを考えると、ダメって思っちゃう！ うわ〜、僕ってこんな奴《やつ》だったんだ？ うわ〜、ショック〜〜！」

一人グルグル回っている龍神に、信久《のぶひさ》が言った。

「やっぱり、身内って特別だからかなぁ」

「いや、和人《かずと》はどうでもいい。和人が男の恋人を連れてきたら、応援《おうえん》する」

龍神は、ケロリと返した。

「でも、晶子の場合は納得《なっとく》できない〜〜〜!!」

「うちも……もし、俺が男と付き合うっていったら……母さんは納得しないだろうなぁ〜」

信久は、苦笑いした。今、身障者を筆頭に、さまざまな差別や偏見と闘《たたか》っている母だが、一人息子《むすこ》の同性愛となると、そう簡単に割り切れないだろう。

「普段《ふだん》は、どんなに断固として差別や偏見と闘っていても、そこは普通《ふつう》の生身の人間なんだから、いざ個人的なこととなると、困惑《こんわく》し、躊躇《ちゅうちょ》したりするのは当たり前のことだ。また、そういう者でないと、本当の意味で差別と闘う闘士《とうし》とはいえん」

と、秀士郎《しゅうじろう》は言った。

「〝すべてを同じラインの上に置く〟ことは、とても危険な考え方なのよ」

「あ〜、それ、わかる！」

信久は、大きく頷いた。

「自分を、正義の戦士みたいに思ってる奴って、そうだよ。例外を認めないんだ。自分でも他人でも、どんな場合でも、同じように扱《あつか》うんだよな。それが公平だって言い張るけど、そんなカチカチな考え方で、本当に、世のため人のためになってんのかって、すんげー思うよ」

「それを、独善というのだ」

秀士郎が、フンと鼻を鳴らす。

「あー、そうか」

「そんな奴が、世のため人のために、電車の中にサリンを撒《ま》く」

と、雅弥《まさみ》も軽く鼻を鳴らす。

「あー、そうか！」

「話が逸《そ》れたな。というわけで、龍神《たつみ》、お前はみっともなく悩《なや》んでかまわんぞ」

秀士郎《しゅうじろう》が、笑いながら言った。

「みっともなくて、すいませんねぇ」

ふて腐《くさ》れる龍神に、エスペロスが迫《せま》る。

「相手が同性だろうが、人間でなかろうが、愛っていうパワーは、人間にとってすごく大事なものなんだよ、龍神？」

エスペロスは、椅子《いす》の上に立ち上がって言った。

「対象物を愛すること。一方的な押しつけじゃなくて、無償《むしょう》の思いね。後ろ向きな思いじゃなく、前向きな思い。これが、すごいパワーになるんだ。もちろん、対象物と思いを交換《こうかん》できれば、なおいいけど。人間同士でなくても、相手が動物とか、器物とか、好きなこと……趣味《しゅみ》とか？　それでも、人間のパワーアップには充分《じゅうぶん》なるんだ。具体的には、免疫《めんえき》能力が上がるとか、若返るとかの効果があるんだよ」

「へぇ〜！」

「確かにそうだな」

「それだけじゃなくて、誰《だれ》かを、何かを愛すること、懸命《けんめい》に思い、打ち込むことって、人間の根源的な成り立ちに関《かか》わる重要なことなんだ。それは、『前を向いて、進ませる』ってことさ」

人間の。人類の。生物の。進化の。

そのすべてに関わる巨大《きょだい》な流れ。

それは、ほんの小さな、個人的な、愛という一滴《ひとしずく》から始まる。

一滴は、やがて小さな支流となり、大河へと合流してゆく。

「その対象が何者であれ、どんなものであれ、取るに足らない、下らないことでも、誰かを、何かを愛すること、懸命に思い、打ち込むこと。それによって得られるエネルギーで、人は前へ進むことができる。そうする者が、優《すぐ》れた者なんだ」

魔女《まじょ》の話に、皆領《みなうなず》く。

「だから……萌《も》え〜、でもいいんだよ、ノブ」

「だよね――！」

笑い合うエスペロスと信久《のぶひさ》を、龍神は複雑な思いで見た。そんな龍神に、エスペロスは言った。

「アッコはね、龍神。とても落ち着いてたよ」

「あっちゃんは、あたしのことも好きなの？　恋人《こいびと》になりたいって、思ってるの？」

晶子《あきこ》は、温代《あつよ》にそう問うた。

温代は、小さく震《ふる》えながら俯《うつむ》いたままだった。涙《なみだ》がまた溢《あふ》れたのか、煌《きら》めく滴《しずく》がグラウンドへ落ちてゆく。

晶子は、待った。

やがて、震える声で温代が言った。

「ごめん……ね。ごめん……」

「……」

「気持ち悪いよね……」

「……」

「自分でも思うの……。気持ち悪いって……」

学校でも、街中でも、テレビを見ていても、温代の目がいくのは女性だった。最初、それをおかしいとは思わなかった。女性同士が仲良くするのは自然なことだったし、温代にも、仲の良い女友だちはたくさんいた。

小学五年生になって、相田《あいだ》麗子《れいこ》とクラスメイトになった。温代は麗子を一目見て、それから目が離《はな》せなくなった。それがどういうことなのか、温代はわからなかった。友だちになりたいのかといえば、そうではない気がする。だから、温代は麗子に近づくことができなかった。周りをウロウロするばかりだった。麗子は、さぞかし怪訝《けげん》な印象を温代に抱《いだ》いただろう。

『岸田《きしだ》さんって、女優さんばっかり好きだっていうけど、男のタレントとか歌手とかで、好きな人はいないの？』

六年生にクラスが持ち上がった頃《ころ》、クラスメイトに何気なくこう問われた時、温代はすべてを悟《さと》った。

『私……男の人より女の人が好きなんだ……！』

衝撃《しょうげき》を受けた。温代は、大混乱した。自分は異常なんだと落ち込んだ。学校へ行きたくなくて悩んだ。

しかし、そんな激しい落ち込みから温代を救ったのは、麗子への思いだった。

自分の本当の気持ちに気づいて、あらためて麗子を見た時、温代は胸がときめいた。

「キラキラしたもので、身体《からだ》中がいっぱいになった気がしたの」

温代は、泣きながら晶子に話した。

「ああ、私、やっぱりこの人が好きだって……。そう思ったら、世界がすごく明るくなった感じがした。どろどろしたものが心からなくなって、とても気持ちが楽になった。この気持ちを、どうしても相田《あいだ》さんに伝えたいって……」

晶子《あきこ》は、そう話す温代《あつよ》の頰《ほお》を伝う涙こそが、キラキラと輝《かがや》いているように感じた。

温代の、同性に対する思いは、正直わからない。しかし、晶子は感じた。

(あっちゃんって……すごく大人なんだ)

「相田さんが、気持ち悪いって言うのも当たり前だとわかってるの。悪いのは私の方。でも、アッコちゃんが私をかばってくれて……嬉《うれ》しかった」

泣きながら微笑《ほほえ》んだ温代の表情は、とても美しかった。晶子は、

(この人が、気持ち悪いわけない)

と、思った。

「アッコちゃんと相田さんは違《ちが》うから……、相田さんと同じ気持ちをアッコちゃんに感じるかって訊《き》かれたら……わからない。アッコちゃんと付き合いたいかって訊かれたら……、付き合いたいけど、それは、アッコちゃんが私に優《やさ》しくしてくれたからなのか、私が本当に付き合いたいからなのか……わからない」

温代は、小さく首を振《ふ》った。

二人が立つグラウンドの片隅《かたすみ》の花壇《かだん》で、ノースポールと水仙《すいせん》が満開になっていた。

二人の心を映したような、純白の可憐《かれん》な花が、冬の陽射《ひざ》しに宝石のように煌めいている。その光の中で、晶子と温代のシルエットも、美しく輝いていた。

「ンも〜〜〜っ、中学生らしい、キラッキラの、ピュアピュアだよね〜〜〜!!」

エスペロスが、顔を真っ赤にさせて言う。

「萌えぇぇえええええ!!」

と、信久《のぶひさ》も絶叫《ぜっきょう》した。心の中で。

「アッコはね、龍神《たつみ》。自分も、あっちゃんに対する気持ちをよく考えてみるって言ったんだよ。あっちゃんと、このまま別れたくないから、もう一度話そうって。日曜日に」

龍神は、目を剝《む》いた。

「日曜日って、今日じゃん——っ！　え？　何？　じゃ……今頃晶子は……」

「そ。あっちゃんと会ってる真っ最中ぅ〜」

魔女が、可愛《かわい》く口をとがらす。龍神の顔色が変わった。

「い、行かなきゃ！　場所どこ、エスペロス！」

「落ち着かんか、龍神《たつみ》。行ってどうする気だ」

秀士郎《しゅうじろう》にそう言われて、龍神はハッとした。

「温代《あつよ》に、晶子《あきこ》に近づくなとでも言うつもりか？」

と、秀士郎は、目元を歪《ゆが》ませた。

龍神は、そう言いそうな自分に、さらにショックを受けた。いくら可愛い妹のこととはいえ、自分がこんなにも心が狭《せま》く、こんなにも短絡《たんらく》的な人間だったとは。自分で自分が信じられなかった。

龍神は椅子《いす》にへたり込んで、大きく溜息《ためいき》をついた。その前に、雅弥《まさみ》が、淹《い》れ直したコーヒーを置いた。

「あ、ありがとう……」

すまなそうに見上げてくる龍神に、雅弥は軽く微笑む。

コーヒーは熱く、いつもは入れない砂糖が入っていた。その甘さが、身体を優しく包み込む。気持ちが、すーっと落ち着いた。

「二人の様子は、ボクの分身がこっそり見守ってるから安心して」

と、魔女がウィンクする。龍神は、「ずるい」と思った。

「もっとアッコを信じて、龍神」

一昨日《おととい》。晶子は、温代と別れたあとエスペロスと連絡《れんらく》を取り、カフェで落ち合って経緯《けいい》を話したのだ。それは、エスペロスに「どうすればいいか」と教えを請《こ》うためではなく、経緯を話すことで、自分の考えを整理するためのようだった。

『月曜日が終業式で、あっちゃんはそのすぐ後に引《ひ》っ越《こ》しちゃうから、日曜日に会うことにしたの。それまで、あっちゃんのこと、よく考えてみる』

晶子は、神妙《しんみょう》にそう言った。

「可愛い！　可愛い、可愛い、可愛い〜〜〜!!　その場で食べちゃいたかったよ〜、アッコ〜〜〜!!」

椅子の上で、魔女《まじょ》が悶《もだ》えた。人間ではない存在が、「食べたい」と言うと、そのままの意味のようで、ちょっと恐《こわ》い人間たちだった。

「天晴《あっぱ》れ。子どもならではの純粋《じゅんすい》さゆえとはいえ、お前より、よほど大人の対応だな、龍神よ」

秀士郎にヒヒヒと笑われ、龍神は盛大に頭を掻《か》いた。

「まいった……。完敗です」

「しかし……小学生で、もう自分が同性愛者って、わかるもんなんだな？」

信久《のぶひさ》の疑問に、エスペロスが答える。

「今時の子どもたちって、早熟と未熟に極端《きょくたん》に分かれるね。あっちゃんは、とても早熟なんだよ」

それは、龍神《たつみ》も感じたことだ。見かけよりもずっと聡明《そうめい》で、大人なのだと。

「それとは別に、思春期ちょっと手前の頃の成長過程で、異性よりも同性に惹《ひ》かれる時期っていうのがあるんだ」

「え？　それって、誰《だれ》でも？」

龍神たちは、お互《たが》い顔を見合わせた。

「誰でもだよ。もちろん、恋愛《れんあい》感情まではいかないけど。あっちゃんは、これが強く出てるだけかもしれない可能性もある」

「とすると……」

「そ。もうちょっと成長すると、同性より異性を好きになるかもね」

「はぁ～、その方が、人生は楽だよね」

そう希望しつつ、龍神が大きく溜息をつく。

「何言ってんの、龍神。いろんなことがあった方が、人生は楽しいじゃん！」

エスペロスの意見に、信久《のぶひさ》も賛同する。

「そーだ、そーだ！」

「俺なんか、秀《しゅう》ジィとか先輩《せんぱい》とならいいかも〜って思っちゃう」

「はぁあ!?」

目を剝く龍神の横で、秀士郎《しゅうじろう》と雅弥《まさみ》は吹《ふ》き出すように笑った。

「君、前に、そんな萌えはいらんとか言ってただろー!?」

食ってかかる龍神に、信久は、

「え？　そんなこと言ったっけ？」

と、きょとんとした。

（こいつはぁああ〜〜〜！）

こめかみに青筋が浮《う》きそうな龍神をよそに、信久はさらに軽〜く言う。

「ねーねー、先輩も秀ジィも、どう思う？　先輩なんて、男にもモテそうだけど」

「まぁね」

雅弥は、フッと笑った。

「ガチの同性愛の世界じゃ、俺みたいな〝美形〟は少数派らしいけど、でも、美形好みってのはあるみたいだから、言い寄ってくる男もいるよ。もっと小さかった頃《ころ》は、もっとよく声をかけられたな……って、これは、少年愛か」

「ノブ……君ねぇ」

雅弥《まさみ》が頷《うなず》くように言うと、その隣《となり》で、秀士郎《しゅうじろう》も頷いていた。

「現実的には犯罪だが、芸術の世界ではロマンチックな話よなぁ」

「『ベニスに死す』」

「お、古い映画をよく知っとるな、雅弥」

巨匠《きょしょう》ルキノ・ヴィスコンティ監督《かんとく》の映画『ベニスに死す』は、タジオという美少年に魅入《みい》られた老作曲家アッシェンバッハの、苦悩《くのう》と恍惚《こうこつ》を描《えが》いた作品である。ビョルン・アンドレセン演じるタジオの、透《す》き通るような美しさと若々しさの虜《とりこ》となり、タジオへの異常な憧憬《どうけい》と過去の苦悩の狭間《はざま》で、タジオを追って亡霊《ぼうれい》のように彷徨《さまよ》うアッシェンバッハを演じたのが、名優ダーク・ボガードだった。

「俺の父さんのあだ名が、〝美術界のビョルン・アンドレセン〟だから」

と、雅弥が言った。秀士郎は大笑い。

「ワッハハッハ！　確かにな！　いや、お前の親父《おやじ》の方が、はるかに美形だぞ」

「そう言われても、嬉《うれ》しくないんで」

雅弥は、軽く首を振《ふ》った。

「ノーベル文学賞受賞作家の原作と、ヴィスコンティの最高傑作《けっさく》を、少年愛や同性愛やらで斬《き》ってしまう奴《やつ》ぁおらんだろう。それが、下司《げす》のやることだと誰でもわかっているからだ。なのに、世間は同性愛を忌み嫌《いきら》う。芸術的な同性愛は認めるが、それ以外は認めんとは、それこそ下司の考え方なのにな」

皮肉たっぷりな秀士郎に、信久《のぶひさ》が問うた。

「昔の日本じゃ、フツーのことだったんだろ」

「高尚《こうしょう》な趣味《しゅみ》だったんじゃ。それこそ、芸術的な。女不足だの、坊主《ぼうず》の女人禁制の戒《かい》律《りつ》だの、背景はいろいろあるが、刹那《せつな》的に生きる武士同士の、契《ちぎ》りや絆《きずな》や高潔の証《あかし》でもあった」

信久が頬《ほお》を赤くする。

「刹那的に生きる武士同士の、契りや絆や高潔の証か……かっけぇ～」

「それがタブーとされたのは、キリスト教の影響《えいきょう》だ」

信久は、今度は頬を膨《ふく》らませた。

「キリスト教ってさ、ホントあちこちでいろんな文化をさ……いや、やめとこう。話がズレる」

「秀士郎もモテたでしょー。男に」

エスペロスが、ニヤニヤと言った。

「秀士郎が通ってた旧制高校って、秀士郎が今言った、武士同士の高尚な絆ってのが、伝統的に受け継《つ》がれてた場所でしょ」

信久《のぶひさ》と、そして雅弥《まさみ》も、「へぇ〜」と、興味深そうに身を乗り出し、話題はすっかり男性同性愛の話へとシフトした。

一人、龍神《たつみ》だけが、

(いや、問題はホモの話じゃなく、レズの話なんですけど)

と、思っていた。

嵐《シュトウルム・ウント・ドランク》と衝動

「旧《ふる》き良き時代だった」

秀士郎《しゅうじろう》は、溜息《ためいき》のように呟《つぶや》く。


旧制高校の歴史が、幕を閉じようとしていた。秀士郎は、そこに間に合った。

第二次世界大戦後の時代の変革が目の前に迫《せま》り、少年たちの行く海原《うなばら》は、風が吹き、白波は絶え間なく起きては消え、空は灰色と黒い雲に覆《おお》われ、大嵐《おおあらし》が近いことを予感させた。しかし、遥《はる》か水平線の海は青く、空は晴れ、そこから射《さ》し込む太陽の光が、くっきりと見える。少年たちは、ただそれだけを見ていた。胸はそわそわと落ち着かないが、皆《みな》、学生生活を謳歌《おうか》していた。

「翠嵐《すいらん》高等学校、清明寮《りょう》、寮歌——っ!!」

天に強東風《つよごち》かけぬけて　さんざめく爛漫《らんまん》の春
緑萌《も》ゆ希望の丘《おか》に　集え我が友　我が同志

入学式にのぞむ、狭《せま》き門を突破《とっぱ》したエリート学生たち。これから長い時間を過ごす学生寮の寮歌は、高等学校の学生を象徴《しょうちょう》する歌。先輩たちの歌声に、皆、顔を輝《かがや》かせて聴《き》き入っている。秀士郎《しゅうじろう》も、その一人だった。

「当時、高校に入るにゃあ、まず頭が良くなきゃあならねえ。皆、当然学力では秀《ひい》でていたが、頭でっかちな奴ぁ、あまりいなかったな。個性的な奴らばかりだった」

秀士郎はそう言ってから、もう一言を付け加えた。

「そういう時代だった」

あちらに文学青年、こちらに科学者志望、政治家を目指す者、ひたすら運動に打ち込む者、入学したとたん、勉強をほったらかす親不孝者、明るい奴、暗い奴、チビ、デカ、ブ男、美少年、山の手育ちも下町育ちも、皆一緒《いっしょ》くたにぐつぐつと煮《に》られる鍋《なべ》のようだった。

成績に悩《なや》み、人間関係に悩み、そして恋《こい》に悩み、眠《ねむ》れずに、泣きながら明かした夜。黙《だま》って隣にいてくれた友がいた。金に窮々《きゅうきゅう》とすれば、級友たちが、学校中を駆《か》け回ってカンパを募《つの》ってくれた。多少のことになら目をつぶってくれた教授たち。息子《むすこ》のように世話してくれた、温かな寮母たち。さまざまな事情で学校を去る者を、寮歌を歌い、校旗を振って見送る伝統。


「そして、ストーム！」

ひときわ面白《おもしろ》そうに、秀士郎が言う。

「ストームって何？」

「旧制高校の名物の一つよ。学生寮は、学年ごとに分かれている。そこに、夜襲《やしゅう》をかけるんじゃ」

「夜襲!?」

真夜中、すっかり寝《ね》静《しず》まった一年生の寮に、突如《とつじょ》として響《ひび》き渡《わた》る太鼓《たいこ》の音。

「起きろ――っ、一年！　上級生と生徒会のストームだ、逃《に》げろ――っ!!」

　慌《あわ》てて出入り口にバリケードを張るも、二年生、三年生の猛攻《もうこう》にあっけなく突破され、竹刀《しない》片手に、それぞれの学年色の鉢巻《はちま》きにたすき掛《が》け、「理乙《おつ》二年」や「文甲《こう》三年」の旗を掲《かか》げた学生たちが、ドッとなだれ込んでくる。

「生徒会主催《しゅさい》、新入生歓迎《かんげい》ストームである！　諸君らの帽子《ぼうし》、頂戴《ちょうだい》する！　抵抗《ていこう》する者には容赦《ようしゃ》ないと思え――っ!!」

　帽子を最も多く獲得《かくとく》したクラスが、式典などで校旗掲揚《けいよう》役を務めることになっている。

　ストームをかけられる方も、黙ってやられっぱなしではない。先輩《せんぱい》相手だろうと、腕《うで》に自慢《じまん》の者は反撃《はんげき》してよい。むしろ、讃《たた》えられる。竹刀で打ち合う者、殴《なぐ》り合い、取っ組み合う者、逃げ回る者、夜中中大騒《おおさわ》ぎである。

　父仕込みの武術で、次々と先輩を蹴散《けち》らした秀士郎《しゅうじろう》は、以後、先輩からも同級生からも一目置かれるうちの一人となった。

　さんざん大暴れした後は、学年の隔《へだ》たりなく怪我《けが》だらけの身体《からだ》を組んで寮歌を歌い、お互《たが》いの健闘《けんとう》を讃え合う。医務室の担当医がやれやれと起きてきて、次々とやってくる怪我人たちの面倒《めんどう》を見てくれる。そんな翌日は、賄《まかな》いのおばちゃんたちはいつもより早起きして、空《す》きっ腹を抱《かか》えて眠れなかった学生たちに、大盛りの朝飯を出してくれるのだ。

「何ソレー！　メッチャ楽しそうじゃん！」

信久《のぶひさ》は、顔を輝かせた。

「ストームは、何かあるごとにやったな。後輩《こうはい》から仕掛けることも、もちろんあった。喧嘩《けんか》して気まずい友人がいても、ストームでともに闘《たたか》えば仲直りできた。悩みで悶々《もんもん》としていても、暴れたらスッキリしたりな。ストームや学校行事は、学生たちの生活と心を貫《つらぬ》く柱だったのよ」

それは、一つの大きな家族だった。足を引っ張り合い、時には憎《にく》み合っても、高等学校生という誇《ほこ》りを背負い、同じ釜《かま》の飯を食う寮生という絆《きずな》で繋《つな》がり合った者同士。その、固く、揺《ゆ》るぎない気持ちは、多感な青い春真っ直中《ただなか》の、若々しくしなやかだが、ともすれば容易《たやす》く壊《こわ》れてしまいそうな、硝子《ガラス》細工のような繊細《せんさい》な少年たちを支えた。

「今みてぇに、携帯《けいたい》だパソコンだ、便利なもんは何一つなかったからな。わしらは、身近な者と直《じか》に話し合い、触《ふ》れ合うことが第一だった。必然的に、その繋がりは濃《こ》くなる。それには良い面も悪い面もあるが……」

「でも、それって基本だよね」

と、龍神《たつみ》が言うと、信久《のぶひさ》も雅弥《まさみ》も頷《うなず》いた。秀士郎《しゅうじろう》も頷く。

「わしは、それで良かったと思う。今の時代よりもずっと、人間同士の繋がりに価値があった。お互い、面と向かって、腹を割って話し合うのが当然だったからな。〝どこにいるかわからん匿名《とくめい》の者〟なんぞ、どこにもいなかった。匿名で陰湿《いんしつ》なことをする奴《やつ》はいたが、探しゃあすぐわかったもんだ。そしてそんな奴にも、面と向かって、やめろと言えた」

どれだけ遠くに過ぎ去ろうとも、あの頃《ころ》の、輝く自分と友たちのことは、はっきりと思い出すことができる。夜を徹《てっ》して語り合い、バカをしては笑い合い、殴り合ったことも、すべてが心と身体に刻み込まれている。そんな風に生きていた。

「生涯《しょうがい》付き合うことになる仲間を見つけたのも、生涯を捧《ささ》げる仕事を見つけたのも、あの頃だったな」

同じ高校や、交流の盛《さか》んだったライバル校に、後に秀士郎と塔《とう》を作ることになる仲間たちがいた。その中に、江角《えすみ》もいた。

「江角さんって、おじいちゃんの同級生だったの⁉」

「一学年下だ。江角はな、今でこそ魔術《まじゅつ》かぶれの、人外の者に成り下がってしまったが、当時は、それはそれは可憐《かれん》な美少年だったんじゃ」

「へぇえ～～～！」

と、江角と面識があるエスペロスが声を上げる。

「色白で、華奢《きゃしゃ》で、頬《ほお》が桜色でな。文学オタクの者どもから、〝桜花《おうか》の君〟とか呼ばれとった」

「キャハハハハ!!」

エスペロスは、腹を抱えて大笑い。龍神は苦笑い。

（江角さん、今頃クシャミしてるだろうなぁ）

「よく上級生が、取り合ってたもんだ。しょっちゅう悶着があったな」


翠嵐高等学校は、男子校で全寮制。寮は、もちろん女人禁制。女といえば、賄いのおばちゃんのみ。学生たちは、近隣《きんりん》の女学校の生徒や、行きつけの団子屋などの娘《むすめ》たちと恋の花を咲《さ》かせていたが、武士道的同性愛に憧《あこが》れる学生も大勢いた。上下関係に厳しい男子校には、その下地があった。お気に入りの後輩を「小姓《こしょう》」として従える者。憧れの先輩を崇拝《すうはい》する者。容姿や才能に秀でた者には、取り巻きができた。西日射《さ》す放課後の校舎。密《ひそ》やかに交《か》わされる愛の言葉。

机の中に、そっと忍《しの》ばせた恋文《こいぶみ》。高鳴る胸の内をどうしても言い出せなくて、遠くから見つめることしかできない、秘《ひ》めた想《おも》い。

「皆《みな》十代で、純粋《じゅんすい》だった。学生ではなく、教授に思いを寄せる渋好《しぶごの》みの者もおったが、それは、男女の愛と、なんら変わらん姿形をしていた。異性愛派と同性愛派は、ぶつかっては、愛について議論しとったよ。怒鳴《どな》り合いながらも楽しそうだった」

と、秀士郎《しゅうじろう》も楽しそうに笑う。

「自由だな～」

信久《のぶひさ》には、学生たちの楽しそうな様子が、すぐに想像できた。

「でも、今の十代よりずっと大人っぽい感じがするね」

龍神《たつみ》の意見に、信久と雅弥《まさみ》も頷く。

条西《じょうさい》高校は、近隣では一番の進学校。成績優秀《ゆうしゅう》な生徒が集まっている。生徒同士で、政治や時事問題について喋《しゃべ》り合っていることもよくある。信久とエスペロスの所属している化学クラブでは、クローンについての講義があり、倫理《りんり》の問題を話し合ったこともある。

しかし、芸術論や恋愛論《れんあい》について、堂々と話し合っている様子は見かけたことがない。龍神の所属する美術部でさえ、ない。ただでさえ、抽象《ちゅうしょう》的、観念的な議論は難しいのだ。自分の意見を、よほどしっかりと持っていなければ、相手に伝えることができない。

「恋愛論を滔々《とうとう》と語れるって、やっぱり大人だなぁって感じがする。萌《も》え〜、とかじゃなくてさ」

と、龍神が信久を見ながら言う。信久は、小さく肩《かた》を竦《すく》めた。

「それは、俺もそう思いマス」

「自分はこんなタイプが好みだ、芸能人でいうとこいつだとか。何組のあいつとは三ヶ月付き合ったけど、この間別れた、とか……そういうことを話してる奴は多いけど、それじゃあなぁ」

と、雅弥は、口許《くちもと》を少し歪《ゆが》ませる。

「で、決まってその後、一色《いっしき》、お前はどんな奴と付き合った？　どいつが一番良かった？　って訊《き》きにくるのも、ガキの証拠《しょうこ》だよな」

秀士郎は、深く頷いた。

「昔はな、情報も遊びも恋愛も、世の中の何もかもが、簡単じゃなかった。情報や物資は乏《とぼ》しい。距離《きょり》は遠い。時間は長い。だから、すべての物事が、軽くなかったのよ。わしらは、常に、何事に対しても、考えに考えぬいたもんだ」

乏しい情報や物資を苦労してかき集め、遠い距離を時間をかけて越《こ》えた先にあるものは、それだけ重い、深い意味を持っていた。

「今の物事の軽さが悪いとは言わんが、吹《ふ》けば軽々と飛んで行くような意味しか持っとらんものも、相当多いのは事実だろう」

そう言われた子どもたちは、肩を竦め合う。

「情報と物資が豊富なゆえの良い面は、あるけどね。例えば、遠距離恋愛してるカップルとかは、携帯で話すことができて、とても心強いと思うよ。手紙じゃ、もどかしいだろうし」

「でも、手紙での遠恋がさ、その時間のかかるとこが我慢《がまん》できる絆って、すごくね？　俺、重くて深い意味って、そういうことだと思う」

「我慢はしなくなったな、確かに。でも、それは時代が移ってしまったから仕方ないことかも……」

話し合う子どもたちを、秀士郎《しゅうじろう》とエスペロスは笑顔《えがお》で見ていた。

信久《のぶひさ》が、ハッとして秀士郎を見る。

「話がズレた！　それで、江角《えすみ》さんがすごい美少年ってことの続きは？」

信久の目が興味津々《しんしん》だったので、秀士郎は可笑《おか》しかった。

「旧制高校時代は、ライバル校同士で、美少年を取り合って、対決する伝統があってな」

子どもたちが飛び上がる。

「何ソレ？　面白《おもしろ》そーっ！」

「美少年を取り合って？　学校同士で対決？」

旧制高校時代は、高校同士の文武両道における対決が盛んで、時に、文武に優《すぐ》れた学生の「引き抜《ぬ》き」が行われていた。もちろん、当人の承諾《しょうだく》があっての転校ということなのだが、それがかなわぬ時、その者を賭《か》けて学校同士が対決することがあった。

「優秀な学生の取り合い……は、そうなんだが、まぁ、見目麗《うるわ》しい者の方が、対決のし甲斐《がい》があるということでだな」

「生徒の転校を賭けて、学校同士が対決なんてスゴイ話だね！」

「まぁ、これも一つの伝統行事なのよ。大がかりなお祭りだ。〝果たし状〟を出し、学生の着る衣装《いしょう》や、馬の飾《かざ》りも派手にしてな」

「対決って、何すんの？」

「文武各種だ。それぞれの高校から審査員《しんさ》を出し、舞踊《ぶよう》、歌謡《かよう》、剣道《けんどう》、弓道《きゅうどう》などを競う。棒倒《ぼうたお》しや、騎馬戦《きばせん》、綱引《つなひ》きもやったな」

「運動会みたいだな」

　対決場は、当時あちこちにあった広場だった。両高校は、その前に近場の飯屋や団子屋で飲み食いし、力をつけ、いざ勝負の場へ。そんな時は、店の者や客たちが、やんやと送り出してくれた。

　皆、鉢巻《はちま》きにたすき掛《が》け。校旗にクラス旗、クラブ旗をわらわらと立て、馬の衣装もうんと華《はな》やかに。列の中央には、輿《こし》に乗せられた江角佑哉《えすみゆうや》がいた。

　佑哉は、輿を担《かつ》ぐ秀士郎《しゅうじろう》を上から覗《のぞ》き込んで言った。

「秀士郎！　俺、転校なんか絶対したくないからな！　絶対、勝てよ!!」

「任せとけ。桜花の君は、そこで泰然自若《たいぜんじじゃく》としとれ」

「桜花の君って言うな！」

　入学当初から、佑哉は、佑哉の美貌《びぼう》に目を付けた上級生たちに、たびたび言い寄られていた。

文科甲類《こうるい》（文系、必修外国語英語）の、切れ長の瞳《ひとみ》に桜色の頬《ほお》をした美少年。宗教に興味があるらしく、神の存在や意義を語る様子が、ことさら神秘的に見えた。しかも佑哉は、決して儚《はかな》げな少年ではなく、己《おのれ》の意思、意見をはっきり示す強さを持っていた。だから多くの学生が、恋愛の相手というよりは、憧《あこが》れ、崇《あが》める対象として「桜花の君」と呼んだのだ。ただ、やはりそんな佑哉を、ただ遠くから愛《め》でているだけでは気がすまない輩《やから》がいた。

佑哉が入学して夏を迎《むか》える頃《ころ》、かねてよりしつこく恋文を送りつけていた運動部の三年生から、ついに、校舎の裏手に呼び出しがかかった。

「俺は、貴方《あなた》の恋人にはなれません。今の俺は、同性愛どころか、ただの恋愛にも興味はない。今は、文学と宗教だけに没頭《ぼっとう》していたいんです」

呼び出しの場へ出向き、堂々と断りを入れた佑哉だが、そんな態度を先輩《せんぱい》は良しとせず、力に訴《うった》えた。

「これは命令なんだよ、一年坊主《ぼうず》。人がわざわざ、恋文って手順を踏《ふ》んでやったたってのに無視しやがって。いい度胸だよ。そういうお前を小姓《こしょう》にすりゃあ、さぞ俺の株も上がるってもんだ。小姓は小姓でも、色小姓ってやつだがな」

そう言って下世話に笑う先輩の背後から、仲間とおぼしき者が数人、現れた。

佑哉《ゆうや》が、本気で身の危険を感じた時、校舎裏の林の中から、袴《はかま》にたすき掛け、丸太を担いだ秀士郎《しゅうじろう》が現れた。

「陣内《じんない》……！」

先輩たちの表情が、少し歪む。佑哉は、それを見逃《みのが》さなかった。

「お、なんだなんだ？　決闘《けっとう》か？　愛の告白か？」

佑哉たちを見て、秀士郎は面白そうに笑う。そんな秀士郎に、佑哉が言った。

「両方だ。君に、俺の助太刀《すけだち》を頼《たの》みたい」

「おお、ええとも！」

秀士郎は即答《そくとう》した。

「文甲《こう》一年、江角《えすみ》佑哉だ」

佑哉が差し出した手に、秀士郎の手が重なる。

「文乙《おつ》（文系、必修外国語ドイツ語）二年、陣内秀士郎」

それが、二人の出会い。

秀士郎は、丸太をどっこらせと肩から下ろすと、佑哉の隣《となり》で、居並ぶ三年生に向かって宣言した。

「文乙二年、陣内秀士郎。義によって助太刀いたす！」

二人して、腕自慢《うでじまん》の先輩たちをあっけなく叩《たた》き伏《ふ》せた秀士郎と佑哉は、再び、がっちりと握手《あくしゅ》を交《か》わした。

「その丸太は？　何をするんだ？」

「彫刻《ちょうこく》だ」

「君は、美術部なのか」

しなやかで力強い印象から、佑哉はてっきり、秀士郎は、体育会系だと思っていた。弓道か馬術をやるタイプだと。

もちろん、秀士郎は、弓道も馬術もやった。しかし、二年生の春に赴任《ふにん》してきた美術の教授に出会い、秀士郎の人生は決まったのだ。

藤堂櫂《とうどうかい》は、元仏師だった。学生に美術を教えるかたわら、美術部で仏像を彫《ほ》っていた。その藤堂の姿と、技術と、作品に、秀士郎は魅入《みい》られてしまったのだ。

ただの丸太から美が誕生してゆくさまに、鳥肌《とりはだ》が立った。まるで、命を与《あた》えているようだった。今までで最も強く、「これがやりたい」と感じた。

「今は、木彫りが楽しくて仕方ないんだが、いずれは石も彫ってみてぇんだ」

爽《さわ》やかに、そして小さな子どものように笑う秀士郎に、佑哉も釣《つ》られた。

「〝ミロのヴィーナス〟みたいな？」

「いや、〝サモトラケのニケ〟がええな。あの翼《つばさ》！　さぞ彫り甲斐があると思わんか？」

二人は大笑いした。

この後、二人の付き合いは、秀士郎《しゅうじろう》が一度落第したので、佑哉《ゆうや》とともに卒業するまで続いた。その間、秀士郎は美術に、佑哉は宗教の研究に没頭し、そこから仲間もたくさんできた。

佑哉は、すっかり「翠嵐《すいらん》高の桜花」として定着し、同級生や先輩の間で、誰《だれ》がものにするか、たびたび悶着《もんちゃく》が起きた。そして、それは翠嵐高以外へも広がった。

日舞をたしなんでいた佑哉の、他校との交流会で披露《ひろう》した「藤娘《ふじむすめ》」が絶賛を浴び、「ぜひ我が校へ転校を」と、声をかけられるようになったのだ。佑哉にその気はなかったので断り続けていたある日、声をかけるだけではだめだと業《ごう》を煮《に》やした、翠嵐の長年のライバル校、霞野《かすみの》高等学校から、佑哉を賭けた「果たし状」が届けられた。

「なにぃっ、霞野から、我が校の桜花の君を賭けた果たし状が届いただと⁉」

「おのれ、にっくきライバル校、霞野の野蛮《やばん》人どもに、桜花を散らされてなるものか！」

　と、学校中が、大盛り上がりの大騒《おおさわ》ぎとなった。

「俺の意思を無視して、霞野が勝ったら転校なんて、ありえない！」

　佑哉は憤慨《ふんがい》したが、秀士郎は大らかに笑った。

「まあ、そう言うな。これも伝統ってやつよ。せいぜい華々しく闘《たたか》ってやるさ」

　そんな秀士郎に、佑哉は詰《つ》め寄った。

「勝てよ、秀士郎。負けたら、許さないからな！」

　顰《ひそ》めた美しい眉《まゆ》。黒曜石のような瞳が潤《うる》んでいると感じたのは、気のせいか。桜花の頰が、いつもより赤く染まっていた。

「いや、まったく。触《ふ》れなば落ちんという風情《ふぜい》は、ああいうことを言うのかと、唾《つば》を飲み込んだわい」

　と、秀士郎は顎《あご》をこすってから、大きく頭を振《ふ》った。

「すっかり、人外のオッサンになり果てた今と、えらい違《ちが》いじゃ」

「キャハハハハ!!」

　エスペロスとギルバルスが、腹を抱《かか》えて大笑いする。

「いや、それはおじいちゃんも同じでは？」

龍神《たつみ》が、すかさず突《つ》っ込《こ》んだ。

そして、決戦の日。

「翠嵐高、応援歌《おうえんか》〜〜〜!!」

「霞野高、応援歌〜〜〜!!」

双方《そうほう》の応援歌と太鼓《たいこ》の音が、広場に轟《とどろ》き渡《わた》る。佑哉《ゆうや》を乗せた輿《こし》を挟《はさ》んで、睨《にら》み合う両陣営《じんえい》。その輪の外では、各校から選ばれた審査員《しんさ》(主に教授)たちとOBたちが、旧交を温めていた。果たし合いといえど、そこはそれ、長年の伝統行事。かつてのライバルたちも、昔話に花を咲《さ》かせて盛り上がる。

勝負は、流鏑馬《やぶさめ》、柔道《じゅうどう》、剣道《けんどう》、最後は騎馬戦《きばせん》と続く。時には、ここに唄《うた》合戦や舞踊《ぶよう》が入った。話を聞きつけた見物人も多く集まる。高校同士の決闘は、各校の技量の見せ所でもあった。

さて。輿の上に乗せられて、我が身の行く末をハラハラと見ているしかない佑哉。その目が追うのは、獅子《しし》奮迅《ふんじん》の勢いで、敵を蹴《け》散《ち》らしている秀士郎《しゅうじろう》だった。

秀士郎が一年生の頃は、まだ何もかもが手探《てさぐ》りで、やりたいことも定まらず、さまざまなことに首を突っ込んでいた。秀士郎は中でも、馬術、剣道、弓道《きゅうどう》に強く、試合ともなれば、引っ張りだこの負け知らずだった。それが二年生になり、彫刻と出合ってからはそれ一筋で、美術室に引き籠《こ》もりになっていた。

「陣内《じんない》は、やはり強いなぁ。惜《お》しいなぁ～」

「奴《やつ》が美術に打ち込むとは、まったく意外だったな」

流鏑馬と剣道で、次々と勝ち抜《ぬ》いてゆく秀士郎を見て、運動部の先輩《せんぱい》たちは唸《うな》る。

「今日の殊勲《しゅくん》賞は、間違いなく陣内だろう。なあ、江角《えすみ》よ。勝利の接吻《せっぷん》でもしてやれい！」

すっかり勝つ気の先輩たちは、大笑いした。

この馬鹿《ばか》馬鹿しく理不尽《りふじん》な、伝統という名の大騒ぎにうんざりしていた佑哉だったが、華《はな》やかに飾《かざ》られた馬に乗り、弓を片手に颯爽《さっそう》と駆《か》け抜ける秀士郎の姿には、目を奪《うば》われた。その腕から放たれた矢が見事的を打ち抜くと、翠嵐陣営から大歓声《だいかんせい》と太鼓の音が轟く。佑哉も胸が高鳴った。

勝負は、翠嵐がやや優勢のまま、最終戦の騎馬戦に入った。両校、組み上がった馬の数、二十数騎。総勢四十騎以上の激突《げきとつ》に、見物人が大いに沸《わ》く。

ここで逆転せねば負けるとあって、霞野の攻撃《こうげき》は激烈《げきれつ》で、翠嵐は苦戦を強《し》いられた。

騎手同士、馬同士、殴《なぐ》る蹴るは当たり前。鉢巻《はちまき》きはもとより、髪《かみ》の毛ごと毟《むし》り取るような戦いが繰《く》り広げられた。

「桜花の君、是《ぜ》が非でもいただく!! 退《しりぞ》け、翠嵐――っ!!」

「なんの、渡してなるものか! ひっこめ、霞野――っ!!」

組んずほぐれつの死闘《しとう》の中、やはり、秀士郎《しゅうじろう》は強かった。正面切っての戦いはなるべく避《さ》け、馬上から馬たちにどう動くかを指示、取っ組み合いに夢中の敵から、ひょいと鉢巻きを掠《かす》め取る。

「横から盗《ぬす》むとは、卑怯《ひきょう》なり!」

「なんの! 的確に戦利品をいただくのが先じゃ!」

そんな秀士郎に、突進してくる馬があった。

「霞野高等学校、理乙《おつ》三年、小林達之助《こばやしたつのすけ》である! 陣内《じんない》秀士郎、いざ尋常《じんじょう》に勝負――!!」

「霞野の熊達《くまたつ》」とあだ名される柔道部の猛者《もさ》が、馬上から秀士郎に摑《つか》みかかってきた。

秀士郎は、投げ落とされまいと、瞬時《しゅんじ》に達之助の腕を止める。

「翠嵐の電光石火などと呼ばれておったくせに、実は木彫りが趣味《しゅみ》だったとは笑止千万《しょうしせんばん》じゃのお!」

「趣味の木彫りじゃねえ、芸術だ! そんなこともわからんお前だから、熊などと、あだ名されるのよ！」

お互《たが》いに決めた腕をギシギシときしませながら、ひとしきり悪態をつき合うと、達之助が、秀士郎に頭突《ずつ》きを喰《く》らわした。秀士郎も負けじと、達之助の顔面に肘鉄《ひじてつ》を入れる。両校の騎馬の数もすっかり減り、もはやこの二人の勝負を待つのみとなった。

「鉢巻きの数から計算すれば、翠嵐の勝ちのようだが……」

「うむ。二人の勝負を見届けましょうぞ」

両校の教授たちは、殴り合う二人を楽しそうに見物した。その時、

「秀士郎——っ!!」

と、佑哉《ゆうや》が叫《さけ》んだ。その艶《つや》っぽい声色《こわいろ》に、達之助をはじめ、多くの学生たちがハッとする。その一瞬の隙《すき》に、秀士郎が達之助を殴り飛ばして、落馬させた。

「勝負あり！　そこまで——っ!!」

「勝者、翠嵐高等学校!!」

審査員から、判定が下った。沸き返る翠嵐陣営。肩《かた》を落とす霞野の戦士たち。見物人は、双方にやんやの声援を送った。

「よくやった、陣内！　今回の最大功労者はお前だぞ！」

「いやいや、みんなで勝ち取った勝利じゃ！」

わぁわぁと、お互いの健闘を讃《たた》え合いながら、秀士郎《しゅうじろう》は佑哉《ゆうや》の輿の前へ行った。

「勝ったぞ、佑哉！　お前は、これからも翠嵐の学生だ！」

秀士郎のこめかみは切れ、血が流れていた。青あざ、鼻血。着物にも血が飛び散っている。そんな秀士郎の胸めがけ、佑哉は輿から飛び降りてきた。

「うおっ！」

そして、驚《おどろ》く秀士郎に、佑哉は熱烈な接吻をしたのだ。

「えええ〜〜っ!?」

周りの学生たちは飛び上がり、固まる。同じく固まった秀士郎に抱《だ》きついて、佑哉は叫ぶように言った。

「もう、僕は耐《た》えられない！　もう黙《だま》っているのは嫌《いや》だ！　隠《かく》しておくのは嫌だ！　僕は秀士郎の恋人《こいびと》なのに、なぜ他の人に奪われそうにならなきゃならないんだ！　こんな理不尽には耐えられない！　僕は、秀士郎だけのものだ！　もう、みんなにそう宣言してくれ！」

周りは、呆気《あっけ》にとられている。秀士郎は、しっかりと抱きついている佑哉の耳元に唇《くちびる》を寄せた。

「お、お前な……」

「話を合わせろ、秀士郎。俺は、こんな騒動《そうどう》は二度と御免《ごめん》なんだ。誰《だれ》かの専属と思われていた方がマシだ」

「誰かって……、俺かえ⁉」

この展開も相当理不尽では？　と感じる秀士郎だったが、とても止められる雰囲気《ふんいき》ではなく……。

「そ、そういうことなんで……。すいません」

と、佑哉を抱いて、そう言うしかなかった。


「ギャハハハハ〜〜〜ッ‼」

子どもたちも、エスペロスもギルバルスも、転げ回って大爆笑《だいばくしょう》した。

「はめられた。まったく、江角《えすみ》には、まんまとはめられたわぃ」

秀士郎は、苦々しくコーヒーをすする。


「桜花の君」に恋人がいたと。それは、佑哉を崇拝《すうはい》する者たちにショックを与《あた》えたが、愛する者（秀士郎のことだが）との仲を裂《さ》いてはならじと、以後、佑哉に対する他校からの「転校要請《ようせい》」は、却下《きゃっか》されることとなった。

さまざまなしがらみから解放された佑哉《ゆうや》は、文学や宗教の思索《しさく》に思うさま没頭《ぼっとう》し、軽やかに学生生活を謳歌《おうか》した。一方秀士郎《しゅうじろう》は、先輩にも後輩にも同級生にも、ことあるごとに冷やかされ、嫉妬《しっと》され、それまで数あった女からの恋文《こいぶみ》はめっきり届かなくなり、代わりに男からの告白が多くなるなど、苦労した。

学生たちは、果たし合いの最中《さなか》の秀士郎の、闘志《とうし》漲《みなぎ》る様子を思い返し、なるほど、あれは、愛《いと》しい恋人を守るためであったかと、溜息《ためいき》をついた。同性愛派は、そこに武士道的愛を感じ、異性愛派は、二人を男女に置き換《か》え、騎士道《きしどう》的愛を思った。

そして、自分を守るため、傷だらけになって勝利した秀士郎の胸に飛び込み、接吻をした佑哉の、まるで小説か映画のような様子は、純情な学生たちを陶酔《とうすい》させた。皆《みな》、二人を我が身に投影《とうえい》し、劇的で甘美《かんび》な思いに耽《ふけ》った。しばらくは、学校中に恋愛《れんあい》小説や詩集があふれ、至るところで恋愛談義が花を咲《さ》かせ、恋人の契《ちぎ》りを交《か》わす者も増えたという。

「いい時代だったんだね。大らかで、純粋《じゅんすい》で」

龍神《たつみ》たちは、胸が温かくなるような、それでいて、小さく絞《しぼ》られるような気持ちになった。当時の学生たちの、単純であっけらかんとした感性を羨《うらや》ましく感じる。とても自由に感じる。豊富な情報もなく、便利なツールもないからこそ、子どもたちは懸《けん》命《めい》に考え、工《く》夫《ふう》した、広大な「自分の世界」を持っていた。そこで、風のように自由だった。

「江角《えすみ》とは、高校を出るまで、とうとう恋人同士のままだったわぃ。わしが落第して江角と同級になったのも、恋人として離《はな》れがたかったからだろうと言われたもんだ」

と、秀士郎は顔を顰《しか》める。

「高校を卒業後は、お互いそれぞれの道を行って……、再会したのは、十年後ぐらいだったかな？　そん時ぁ、江角の奴《やつ》、すっかり青白い、暗～い宗教オタクとなっておってな、桜花の君が、ここまで散りきってしまったかと、かつての恋人としては、百年の恋も冷める思いでなあ！」

そう言いながら、エスペロスらと大笑いする秀士郎だったが、

（実際のところ、どうだったんだろう？）

と、龍神は思っていた。

（キスまでする必要って、あったのかな？）

そこに、佑哉の秘《ひ》めた想《おも》いはなかったのか。

若木のようにしなやかで、瑞々《みずみず》しくたくましい、自分とは正反対の、一つ年上の男。

大らかに笑い、志は高く、義に厚いその笑顔《えがお》を、眩《まぶ》しく見ていたのではなかったか。

(おじいちゃんも……ホントは……)

と、そこに信久《のぶひさ》が、こそっと耳打ちしてきた。

「俺、秀《しゅう》ジィと江角《えすみ》さんって、いい感じだったと思うんだけど、お前どう思う、龍神《たつみ》?」

信久もそう感じるのかと、龍神は肩を竦《すく》めた。

「あの時代だからね。何かあったって、せいぜいキスするぐらいじゃないの?」

「そうなんだよ。だからこそ、いいんだよな〜。なんか……小説を地でいく、みたいな?」

そんな恋がしてみたい。

そこに男女の差も、身分の差も、国籍《こくせき》も人種も、年の差もなく。

あるのは、お互《たが》いの「想い」だけ。

後に、秀士郎《しゅうじろう》は栄《さかえ》と結婚《けっこん》し、江角には弓子《ゆみこ》という恋人ができる。それでも。

十代の、透明《とうめい》な一時期に経験した想いは、心の片隅《かたすみ》に、小さな宝箱に大切にしまっておきたい、輝《かがや》く宝石に違《ちが》いないのだろう。

「それを、青いとか、クサイとか、キモイとか、言いたくないよね」

「そんなこと言う奴と言わない奴とじゃ、人生絶対違ってくるよな」

龍神と信久は、強く頷《うなず》き合った。

その時、台所の入り口に、エスペロスがもう一人現れた。

「やっほう♪　ただいま！」

龍神たちは、ぎょっとした。

「あ、終わったんだね」

と、もう一人のエスペロスが声をかけると、入り口にいたエスペロスが、風船がしぼむように、シュッともう一人のエスペロスに吸い込まれた。

「あ、分身か！　うわ、初めてみた！」

「……ということは」

エスペロスが、龍神に言った。

「アッコとあっちゃんの話、終わったよ」

美しい気持ち

「じゃあ、今から、分身が見てきたことを再現しまーす」

と、魔女《まじょ》が言った。

「再現？」

「はーい、みんな手を繋《つな》いで」

エスペロスをはさんで、皆が手を繋いだ。

「再現映像を、みんなの脳に流すからねー」

「そんなことできるんだ！　スゲー！」

「映画館で、映画を見るのと変わらないよ。みんな、アッコのこと知っておきたいだろ。ってゆーか、知るべき？　特に、龍神《たつみ》！」

「はい……」

龍神は、肩《かた》をすぼめた。

「秀士郎《しゅうじろう》の話のあとで、アッコのことを見ると、勉強になるよー」

エスペロスは、ニヤリと笑った。

「さあ、じゃあ、始めよう」

龍神たちの目の前に、風景が浮《う》かんできた。

それは本当に、自分がその場にいるようだった。これは、エスペロスの分身の目線なのだ。信久《のぶひさ》は、それだけで興奮した。


ゆるい風が、川面《かわも》を渡《わた》ってくる。風は、川縁《かわべり》の緑をわずかに揺《ゆ》らして吹《ふ》いて行った。軽やかに。どこか楽しげに。

三月。ようやく空気は暖まり、コートを脱《ぬ》いだ街が、春色に染まる。晶子《あきこ》も、重いコートではなく、春物のパステルカラーの上着を羽織っていた。その横を、まだ少し厚めの上着を着た温代《あつよ》が歩く。

二人は、川辺を歩いていた。ゆっくりと。青い空に、太陽が南中しようとしている。

光が川面で煌《きら》めいていた。

俯《うつむ》いたままの温代《あつよ》に、晶子《あきこ》が話しかける。

「もう、引《ひ》っ越《こ》しの準備は終わったの？」

「……うん」

「そっか」

「……」

「今日は、気持ちいいね。空気がすごく暖かい。あ、見て、あっちゃん！　桜が咲《さ》いてるよ！」

土手に植えられた桜並木のうちの一本が、せっかちにも花をほころばせていた。晶子は温代の手を取ると、桜に向かって駆《か》け出した。

桜の木を二人で見上げる。淡《あわ》い桜色をした花たちが青空にとても映《は》えて、それは美しく、華《はな》やかで、春の到来《とうらい》をいっそう感じさせた。

「綺麗《きれい》……」

しかし、桜はすぐに散る。別れの象徴《しょうちょう》でもある。温代の胸は切なく痛み、涙《なみだ》が溢《あふ》れてきた。

「ごめんね、アッコちゃん……。私のせいで……、アッコちゃんまで変な目で見られて」

「……」

『もう二人は付き合っちゃってるのかな～？　どうぞ、お幸せに！』

蔑《さげす》んだように笑う麗子《れいこ》の顔が浮かんだ。

「私がいなくなった後、相田《あいだ》さんが、アッコちゃんのことを、あんな風にからかうんじゃないかって……。そう思ったら、私……」

晶子は、桜を見上げたまま動かなかった。

「ごめんね……。迷惑《めいわく》だよね……。気持ち悪いよね……。ごめんね……」

「そんなことない！」

晶子は温代に向かって、強い口調で言った。

「自分のこと、気持ち悪いなんて言っちゃダメだよ、あっちゃん！」

温代は、涙に濡《ぬ》れた顔を上げた。

「相田があんな風に言うのは、相田の勝手でしょ。でも、あっちゃんは違うでしょ⁉　あっちゃんは、相田を好きっていう自分の気持ちまで、気持ち悪いって思うの？　あたしを好きって言ってくれる気持ちまで、気持ち悪いと思うの？」

「……」

「あたしは、気持ち悪いって思われたくないよ！　あたしを好きって言ってくれる気持ちを、気持ち悪いって思われたくない！」

「アッコちゃん……」

桜の花が、咲いていた。ただ一本。せっかちにも。春を待ちきれなくて。

その梢《こずえ》を揺らしてゆく風は、晶子《あきこ》の頰《ほお》も優《やさ》しくなぶっていった。桜の匂《にお》いがした。

「あたしは、あっちゃんが女の人を好きになる気持ち、まだよくわかってないと思うんだ。これからもわからないかもしれない。でも、わかるようになるかもしれない。そうでしょう？　未来のことなんて、誰《だれ》にもわからないんだよ」

晶子は、エスペロスと話した時、そう言われた。

『可能性なんて、無限にあるんだ。今からそれを否定することなんてない。アッコだって、将来女の人と恋人《こいびと》になるかもしれないじゃない。絶対ないなんて言えないよ。だから、問題はそういうことじゃなくて、もっと、もっと、ずーっと、芯《しん》のことなんだ』

「あたしは、あっちゃんが、あたしのことを恋人みたいに好きって言ってくれた時、応《こた》えられるかどうかわからない。でも……」

『人が人を好きになるのは、みーんな一緒《いっしょ》。同性だからとか、実はぜんぜん関係なーいの。だって、男女だって、うまくいかないことがあるだろ。性別や年齢《ねんれい》や人種っていう、ハードルはいろいろあるけど、好きっていう、純粋《じゅんすい》な気持ちを、一番に考えなくちゃならないんだよ。人間は、すぐにそれを忘れる。余計なことを考えすぎ』

「あっちゃんが、相田《あいだ》やあたしを好きって思うってことは、あたしたちの価値っていうか、そういうのを認めてくれたってことでしょ。そうじゃなきゃ、好きなんて思えないよね」

『これは、アッコの問題。あっちゃんの気持ちを、どうとらえるかで、アッコの価値が問われる。アッコの世界が違《ちが》ってくる』

「あたしは……、あっちゃんが、そう思ってくれて嬉《うれ》しい。あたしには、あっちゃんから好かれる価値があるって認めてくれて、嬉しい」

晶子《あきこ》は、温代《あつよ》の両手を取った。温代は、目を大きく見開いて、晶子を見つめていた。その瞳《ひとみ》から、涙が溢れ続けている。

「だから、そんな気持ちを、気持ち悪いなんて言わないで。誰がなんて言ったって、あたしは嬉しいよ、あっちゃん!」

繋《つな》ぎ合った二人の両手に、力がこもる。

「アッコ……ちゃん……」

震《ふる》える温代を、晶子は抱《だ》き締《し》めた。

「あたしってまだ子どもだし、あっちゃんの『好き』を、ちゃんとわかってないんだろうけど、でも、あっちゃんの気持ちを大事にしたいの! これからも、ずっと大事にしたいの! 相田《あいだ》みたいに、気持ち悪いとか言って、切り捨てたくないの!」

晶子も、涙が溢れてきた。

大人しく、控《ひか》えめで、それでいて、しっかりとしている温代。実は聡明《そうめい》で、大人な温代。

無視に黙《だま》って耐《た》え続け、しかし暗くなることなく、味方になった晶子に見せる笑顔《えがお》は、おだやかで美しかった。短い間だったが、楽しく話し、遊びにも行った。

その思い出のすべてを、大切にしたい。

自分が感じた、温代の人柄《ひとがら》や感性を信じたい。

そんな温代が、自分を好いてくれることに、自信を持ちたい。

「あり……が、と……」

温代も、晶子の身体《からだ》を抱き締めた。

「そう言ってくれて……嬉しい……！」

温代は、否定されても当然だと思っていた。

悪いのは、全部自分だと思っていた。

それを、晶子はすべて覆《くつがえ》してくれた。こんな形で認めてくれた。自分を好いてくれるのは、自分の価値を認めてくれたからだと。その気持ちを大事にしたいと。

それは、晶子から「自分も温代と恋人になりたい」と言われるよりもずっと、温代の心を揺《ゆ》さぶった。自分は、そう言ってもらえるのを待っていた。

「アッコちゃん、大好き……！　大好き！」

今、自信を持ってそう言える。

それでいいと、晶子が言ってくれたから。

「あたしも、あっちゃんが大好きだよ！」

二人は、抱き締め合ったまま泣いた。

そう。未来はどうなるか、誰にもわからないのだ。温代《あつよ》も、異性を好きになるかもしれない。愛し合える同性が、すぐにでも現れるかもしれない。

(だから……そんなに深刻にならなくていいんだわ……。私、もっとゆったり考えていいんだ)

温代は、そう思うことができた。

桜を映した青空に、今、すべての思いが昇華《しょうか》してゆく。

花の間を、軽やかに翼《つばさ》をはためかせて、わだかまりや苦しさや悲しさが、春の空へと飛んでゆく。

美しかった。

目に映るすべてのものが、たとえようもなく美しかった。

太陽を反射して煌《きら》めく川面《かわも》のように、自分も光り輝《かがや》いている気がした。


「でね、泣き疲《つか》れてお腹《なか》が減った二人は、おにぎりやサンドイッチやお菓子《かし》をいっぱい買い込んできて、桜の下でピクニックを始めたんだ。もー、すっごく楽しそうだったよ。おにぎり頬張りながら、キャッキャ言っちゃってさー。あー、交じりたかったなー。あー、もー、可愛《かわい》い。二人とも可愛い！」

魔女《まじょ》は、身をよじる。

再現映像を見た男どもは、言葉を失っていた。

「あ、あれ、変だな。目から汗《あせ》が……」

と、目元をぬぐったのは、信久《のぶひさ》。

「感動した」

雅弥《まさみ》が、呟《つぶや》くように言った。

秀士郎《しゅうじろう》は、満足そうに微笑《ほほえ》んでから言った。

「エスペロス、酒だ！　特級酒を持ってこい！」

「わーい、そうこなくっちゃ！」

龍神《たつみ》は、掃《は》き出し窓を開け、庭へ出た。

春の日はすっかり黄昏《たそが》れて、にじんだような夕陽《ゆうひ》が、海へ沈《しず》もうとしていた。

魔法の塔《とう》の庭は、そろりそろりと夕暮れ色に染まり、花の香《かお》りが強く感じられる。

少し翳《かげ》った庭の中で、桃《もも》の花があでやかに満開を迎《むか》えていた。

「ふぅ」

と、龍神は大きな溜息《ためいき》をついた。

晶子《あきこ》の、潔《いさぎよ》い覚悟《かくご》と態度を見せつけられて、兄としては立つ瀬《せ》のないほどへこんでしまった。晶子の思いが、まだ現実を何も知らない子どものことだとしても、だからこそ、これが基本なのだというお手本を見たようで、眩《まぶ》しくて目が痛かった。涙《なみだ》が出そうになるほど。

春の午後の桜の下で、光る川面を眺《なが》めながら、おにぎりやサンドイッチを美味《おい》しそうに食べ、楽しそうに喋《しゃべ》る晶子と温代《あつよ》。その姿の、なんて「正しく美しかった」ことか。

何かを懸命《けんめい》に思うこと。一方的な押しつけではなく、無償《むしょう》の思い。後ろ向きではなく、前向きな思い。晶子と温代は、自分の中にそんな気持ちを持つことができた。自分の気持ちを、そう持って行けた。

そして、学生時代の秀士郎《しゅうじろう》たちのように、透明《とうめい》で、繊細《せんさい》で、切なくなるような「絆《きずな》」を経験した。

二人は、もう大丈夫《だいじょうぶ》。確実に一つ大人になり、自分の世界を広げたのだ。前を向いて、歩き出したのだ。だから、正しく美しく見えた。

エスペロスの言っていた意味を、あらためて思う。

人間の根源的な成り立ちに関《かか》わる重要なこと。それは、『前を向いて、進ませる』

こと。

美しい気持ちは、人をそうさせるのだ。

龍神《たつみ》の胸は、熱くなった。

そこに、信久《のぶひさ》が肩《かた》を組んできた。

「お兄ちゃん、へこんでる？」

ヒヒヒと、歯を出して信久が笑う。その上に、雅弥《まさみ》も腕《うで》を回してきた。

「やられたなぁ、龍神」

龍神は、またひときわ大きな溜息をついた。

「やられまくりました……。もう何も言えません」

それから三人は、ひとしきり大笑いした。黄昏《たそがれ》の庭に、笑い声が満ちる。

「やれやれ」

小さく火の燃える暖炉《だんろ》の前で、ギルバルスが丸くなった。

終業式の後、温代は引《ひ》っ越《こ》して行った。

春休み。

いつものように、和人《かずと》と晶子《あきこ》が、塔へ遊びに来た。

「ヤッホー、龍兄《たつにい》、ノブくーん！」

と、龍神《たつみ》と信久《のぶひさ》には軽く挨拶《あいさつ》する晶子だが、雅弥《まさみ》を前にすると、とたんに乙女《おとめ》になる。

「あっ、雅弥さん。こんにちは」

「こんにちは、アッコちゃん」

頬《ほお》を赤く染め、もじもじする晶子は、何も変わらないように見える。しかし、

「ねぇ、兄さん。晶子さぁ、なんか変わった気がしない？」

と、和人が耳打ちしてきた。

「どこらへんが？」

「う〜ん、どこがって言われると……。なんか……落ち着いた感じがするような……

…？」

(さすが、和人。よく見てるな)

と、思いつつ、龍神は答える。

「晶子も、もう中二だもん。変わってくるさ。女の十四歳っていったら、もう大人みたいなもんだぞ」

「そ、そうなのかな」

兄二人の目が追う妹は、相変わらず子猫《こねこ》のようだ。だがその心の中は、春に芽吹《めぶ》く花のように、新鮮《しんせん》な気持ちが満ちている。確実に大人への階段を上り始めた晶子が、そこにいる。

「キャロリーナ、見て見てー！　あっちゃんから手紙が来たのー！」

「わー、見せて見せてー！」

エスペロスに、楽しそうに手紙を読んで聞かせる晶子。その頬は、桜色。華《はな》やかで、可憐《かれん》で、どこか切ない。

晶子と温代《あつよ》は、これからも親友だろう。二人の間にある「好き」は、生まれたてのように純粋《じゅんすい》で、結晶《けっしょう》のような気持ちになった。これ以上の思いはない。ある意味、「至高の愛」だろう。

それでも、龍神は、晶子に同性の恋人《こいびと》ができてもそれを認められそうだと、やっと思えるようになった。

（晶子なら、大丈夫だ）

そう確信したから。

あとは、家族として応援《おうえん》するだけ。世界最強の味方として。

（まあ、なるべくなら異性の方を……いやいやいや）

一人、頷《うなず》いたり頭を振《ふ》ったりしている龍神《たつみ》に、信久《のぶひさ》と晶子《あきこ》が呼びかけた。

「何やってんだ、龍神ー」

「お昼ご飯にしようよ、龍兄《たつにぃ》～っ！」

「あ、ああー」

春の庭にテーブルを出し、真っ白のテーブルクロスを敷《し》いて、おにぎりやサンドイッチの、ピクニックランチが始まった。


冬の間休ませていた家庭菜園を再開する時がきた。

「わー、今日も暖《あった》かいなー！　気持ちいい――っ!!」

朝の畑。降りそそぐ光の中で、龍神は思い切り伸《の》びをした。

春の空と海は、青々として雄大《ゆうだい》。崖《がけ》の上へ吹き上がってくる海風も、すっかり優《やさ》しくなった。

小型の耕耘機《こううんき》で土を掘《ほ》り起こし、次に畝《うね》を作ってゆく。冬の間、栄養をたっぷりもらった土は、やわらかく、「やる気」に満ちている気がした。

「今年もよろしく」

と、つい、声をかけてしまう。

「おう、できたか。美しいのぅ～」

秀士郎《しゅうじろう》が、畑を見に来た。

まだ何も植えられていない、真新しい、チョコレート色をした土。整えられた畝が、準備万端《ばんたん》といった感じだ。土のいい匂《にお》いがする。

「今年も、ぼちぼち作ります」

笑顔《えがお》でそう言う龍神の顔を、汗《あせ》が伝った。

「また、一年が始まるな」

「そうだね」

見上げる空を、チーチーチュルチュルと、メジロが飛んで行った。塔《とう》の庭に、桃《もも》の蜜《みつ》を吸いに行くのだろうか。

「今年は、修学旅行が楽しみだな」

「そうか。修学旅行か」

青い青い空と海を、龍神《たつみ》は秀士郎《しゅうじろう》と、いつまでも眺《なが》めていた。

――第6巻につづく

本書は書き下ろし作品です。

僕《ぼく》とおじいちゃんと魔法《まほう》の塔《とう》⑤

香月《こうづき》日輪《ひのわ》

角川文庫 17490

平成二十四年七月二十五日　初版発行

発行者―井上伸一郎

発行所―株式会社角川書店
東京都千代田区富士見二―十三―三
電話・編集（〇三）三二三八―八五五五
〒一〇二―八〇七八

発売元―株式会社角川グループパブリッシング
東京都千代田区富士見二―十三―三
電話・営業（〇三）三二三八―八五二一
〒一〇二―八一七七
http://www.kadokawa.co.jp

印刷所―暁印刷　製本所―BBC

装幀者―杉浦康平

定価はカバーに明記してあります。

こ 34-5　ISBN978-4-04-100131-8　C0193

角川文庫発刊に際して

角川源義

第二次世界大戦の敗北は、軍事力の敗北であった以上に、私たちの若い文化力の敗退であった。私たちの文化が戦争に対して如何に無力であり、単なるあだ花に過ぎなかったかを、私たちは身を以て体験し痛感した。西洋近代文化の摂取にとって、明治以後八十年の歳月は決して短かすぎたとは言えない。にもかかわらず、近代文化の伝統を確立し、自由な批判と柔軟な良識に富む文化層として自らを形成することに私たちは失敗して来た。そしてこれは、各層への文化の普及滲透を任務とする出版人の責任でもあった。

一九四五年以来、私たちは再び振出しに戻り、第一歩から踏み出すことを余儀なくされた。これは大きな不幸ではあるが、反面、これまでの混沌・未熟・歪曲の中にあった我が国の文化に秩序と確たる基礎を齎らすためには絶好の機会でもある。角川書店は、このような祖国の文化的危機にあたり、微力をも顧みず再建の礎石たるべき抱負と決意とをもって出発したが、ここに創立以来の念願を果すべく角川文庫を発刊する。これまで刊行されたあらゆる全集叢書文庫類の長所と短所とを検討し、古今東西の不朽の典籍を、良心的編集のもとに、廉価に、そして書架にふさわしい美本として、多くのひとびとに提供しようとする。しかし私たちは徒らに百科全書的な知識のジレッタントを作ることを目的とせず、あくまで祖国の文化に秩序と再建への道を示し、この文庫を角川書店の栄ある事業として、今後永久に継続発展せしめ、学芸と教養との殿堂として大成せんことを期したい。多くの読書子の愛情ある忠言と支持とによって、この希望と抱負とを完遂せしめられんことを願う。

一九四九年五月三日

龍神の活躍がコミックスで読める!!
『コミック怪』にて連載中!!
僕とおじいちゃんと魔法の塔 1
好評発売中
■単行本コミックス B6判
原作●香月日輪《こうづきひのわ》 作画●亜円堂《あえんどう》
角川書店 発行 角川書店 発売 角川グループパブリッシング
■売り切れの際は、角川グループ受注センター読者係（TEL:049-259-1100）までお問い合わせください。
■web KADOKAWA でもご購入いただけます。http://www.kadokawa.co.jp/

角川文庫ベストセラー

角川文庫ベストセラー

三毛猫ホームズの正誤表　赤川次郎

晴美の友人の新人女優・恵利が、遂に主役の座を射止めた。だが、恵利は稽古に向かう途中で襲われて……。三毛猫ホームズが役者としても大活躍。

三毛猫ホームズの好敵手《ライバル》　赤川次郎

幼い頃からライバル同士だった康男と茂。彼らの運命を大きく分けた出来事とは？　三毛猫ホームズにも灰色・縞模様のライバル猫が出現！

三毛猫ホームズの失楽園　赤川次郎

美術品を専門に狙う、怪盗チェシャ猫が現れた。その大胆不敵な犯行はたちまち話題に……。三毛猫ホームズと怪盗チェシャ猫が対決する！

三毛猫ホームズの無人島　赤川次郎

炭鉱の閉山によって無人島となった〈軍艦島〉。十年ぶりに島に集まった住人たちを待っていたのは？　過去の秘密を三毛猫ホームズが明かす。

三毛猫ホームズの四捨五入　赤川次郎

N女子学園にやってきた編入生、棚原弥生を見て、担任の竜野は衝撃を受けた。その面差しが20年前の「彼女」にあまりにも似ていたから……。

三毛猫ホームズの暗闇　赤川次郎

崩落事故でトンネルに閉じ込められたバスに、殺人犯の家族と被害者の家族が同乗していた！　乗り合わせたホームズは？　シリーズ第三十三弾！

バッテリー　あさのあつこ

天才ピッチャーとして絶大な自信を持つ巧に、バッテリーを組もうと申し出る豪。大人も子どもも夢中にさせた、あの名作がついに文庫化！

角川文庫ベストセラー

きみが見つける物語　十代のための新名作　こわ〜い話編
角川文庫編集部＝編
読者と選んだ好評アンソロジーシリーズ。こわ〜い話編には、赤川次郎、江戸川乱歩、乙一、雀野日名子、高橋克彦、山田悠介の短編小説を収録。

きみが見つける物語　十代のための新名作　不思議な話編
角川文庫編集部＝編
読者と選んだ好評アンソロジーシリーズ。不思議な話編には、いしいしんじ、大崎梢、宗田理、筒井康隆、三崎亜記の短編小説を収録。

きみが見つける物語　十代のための新名作　切ない話編
角川文庫編集部＝編
読者と選んだ好評アンソロジーシリーズ。切ない話編には、小川洋子、荻原浩、加納朋子、川島誠、志賀直哉、山本幸久の傑作短編を収録。

きみが見つける物語　十代のための新名作　オトナの話編
角川文庫編集部＝編
読者と選んだ好評アンソロジーシリーズ。オトナの話編には、大崎善生、奥田英朗、原田宗典、森絵都、山本文緒の傑作短編を収録。

RDG　レッドデータガール　はじめてのお使い
荻原規子
熊野古道の山の家と麓の学校だけで育った泉水子。高校は幼なじみの深行と東京の鳳城学園への入学を決められ…。現代ファンタジーの最高傑作！

心霊探偵八雲1　赤い瞳は知っている
神永学
幽霊騒動に巻き込まれた友人について相談するため、不思議な力を持つといわれる青年・八雲を訪ねる晴香だったが⁉　八雲シリーズスタート！

心霊探偵八雲2　魂をつなぐもの
神永学
幽霊体験をしたという友人から相談を受けた晴香は、再び八雲を訪ねる。そのころ世間では、連続少女誘拐殺人事件が発生。晴香も巻き込まれるが⁉